正直そば

浅草料理捕物帖 三の巻

小杉健治

時代小説文庫

角川春樹事務所

本書は時代小説文庫（ハルキ文庫）の書き下ろし作品です。

目次

第一章　急病

一

江戸っ子は無類《むるい》の蕎麦《そば》好きで、町ごとに蕎麦屋が一軒《けん》あると言われている。この浅《せん》草寺《そうじ》門前を見ても、田原町《たわらまち》、東仲町《ひがしなかちょう》、並木町《なみきちょう》、駒形町《こまがたちょう》、三間町《さんげんちょう》、花川戸《はなかわど》、北馬道町《きたうまみちまち》など、それぞれに蕎麦屋がある。

浅草《あさくさ》での蕎麦屋のはじまりは寛永《かんえい》年間に、本所中之郷《ほんじょなかのごう》に住む伊勢屋《いせや》勘左衛門《かんざえもん》が浅草寺境内に葦簾《よしず》張りの店を出し、戸板の上に黒椀《くろわん》に盛った生《き》蕎麦を売ったことからだと言われている。値段が安いので評判になり、その後、町屋が作られると、北馬道町で店を開き、「正直《しょうじき》蕎麦」の名で繁昌したという。その暖簾《のれん》には「江戸一元祖」と書いてあったというから江戸でももっとも早く誕生した蕎麦屋かもしれない。

与吉《よきち》が浅草に店を持ちたいと思ったのは、やはり「正直蕎麦」を掲げて商売をしたいと思ったからで、まだ蕎麦屋がない浅草　聖天町《しょうでんちょう》に目をつけて家作を借り、『多幸《たこう》庵《あん》』という蕎麦屋を開いた。三カ月前のことである。

ちなみに、蕎麦屋に庵をつけるのは、浅草称往院《しょうおういん》の塔頭《たっちゅう》である道光庵《どうこうあん》の庵主《あんじゅ》が信州《しんしゅう》の出で蕎麦打ちの名手で、参詣客《さんけい》に振《ふ》る舞った蕎麦が評判になり、境内《けいだい》で商売をはじめたことに由来する。それから、蕎麦屋は道光庵にあやかろうと屋号に庵を用いるようになった。与吉も、それに倣《なら》って『多幸庵』とつけたのである。

その『多幸庵』に、見すぼらしい年寄りが入ってきたのは十一月初めの昼下がりだった。よたよたしながら、いつものように縁台《えんだい》の一番奥に座る。

「また、あのひとですよ」

女房《にょうぼう》のおまちが顔をしかめた。

与吉は蕎麦打ちの手を休めて男を見た。不精髭《ぶしょうひげ》も白く、よれよれの着物だ。三カ月ほど前から、つまり店をはじめた直後から半月に一度の割りでやってくる。

近くの長屋に住んでいる作次《さくじ》という男だ。馴染《なじ》みなのだが、店にとっては少しばかし、厄介《やっかい》な客だった。ちんまりした顔に大きな鼻と口、目だけが丸くて小さい。

「行ってきなさい」

「はい」

おまちが注文をとりに行く。だが、きくまでもなく、作次が頼むのは蒸籠《せいろ》だ。つまり、もり蕎麦だ。

「蒸籠」

案の定、作次が不機嫌そうに言う。

その声は与吉にも聞こえてくる。

与吉は信州の戸隠《とがくし》の近くで生まれた。

十三歳で下谷広小路《したやひろこうじ》にある呉服店に奉公《ほうこう》に出たが、十九歳のときに店から暇《ひま》を出された。理由は告げられなかった。

ただ、ひとり娘のおもんが与吉を好いていて、そのことを心配した主人が与吉を引き離すためにやめさせたのだろうと番頭が言っていた。

さすがに、何の落ち度もないのにやめさせたことで呉服店の主人も気が引けたのか、池之端仲町《いけのはたなかちょう》にある『桔梗屋《ききょうや》』という蕎麦屋を世話してくれた。

そこで、与吉は一から蕎麦打ちの修業《しゅぎょう》をはじめた。

『桔梗屋』では蕎麦粉八につなぎの小麦粉二を使っていた。それらを鉢に入れ、水を加えて手で捏《こ》ね、満遍《まんべん》なく水を含ませる。それから強く押しつける。何度も繰り返す。

だが、だんだん『桔梗屋』はつなぎを多くしてきた。蕎麦の味が変わってきた。それでも客が来た。

八年経《た》って、与吉は『桔梗屋』に見切りをつけた。暖簾分けを許されたわけではなく、放《ほう》り出されたといったほうが当たっている。

自分なりの蕎麦を打ちたいとおもったので、『桔梗屋』とは縁《えん》を切りたかった。

『桔梗屋』をやめたあと、与吉は信州をまわった。

もともと信州は蕎麦の栽培《さいばい》に適し、各地で良質の蕎麦がとれた。あちこちに食べに行った。

蕎麦は夏の土用《どよう》を過ぎてから、種をまき、十月下旬《げじゅん》の霜《しも》が降りる前に収穫《しゅうかく》するのがふつうだという。

この秋に収穫される蕎麦を新蕎麦といい、風味、色調にすぐれている。

ただ、少しでも蕎麦を味わおうと、四月、五月に種まきして、七、八月に収穫するものもある。だが、季節外れでは、実が十分に実らず、味もよくない。

寺の門前には蕎麦屋が軒《のき》を並べていた。信州では戸隠神社や善光寺《ぜんこうじ》などが有名だ。

与吉は子どものころ、戸隠山に行って、宿坊《しゅくぼう》に紛《まぎ》れ込んだとき、修験僧《しゅげんそう》のひとりから蕎麦を食べさせてもらったことがある。その蕎麦の味は忘れられなかった。

信州を一回りし、与吉がもっとも気に入ったのは信州更級《さらしな》の篠《しの》ノ井《い》で食べた更級粉で打った更級蕎麦だった。与吉は、まず色の白さ、見た目の美しさに惹《ひ》かれた。食せば舌ざわりがよい。

この味を自分なりに工夫して客に出そうと決め、江戸に帰って、半年ほど夜に屋台で蕎麦を売った。いわゆる夜鷹《よたか》蕎麦屋であったが、かなりうまいという評判で、繁昌した。そのことに自信を得て、『多幸庵』をはじめたのだ。

だが、いざ店を構えると、夜鷹蕎麦屋のときのような勢いはなかった。客はそこそこ入ったが、思うように客足は伸びなかった。一見《いちげん》の客が多く、常連客が少ない。

その数少ない常連客のひとりが作次だった。ところが、作次はただの客ではなかった。

与吉は前日に打っていた蕎麦を蕎麦切り庖丁《ぼうちょう》で切り、茹《ゆ》でてから蒸籠に盛る。鰹節《かつおぶし》や煮干しなどを煮出しただし汁に濃口醤油《こいくちしょうゆ》やみりんを合わせた蕎麦汁《つゆ》を添《そ》えた。

おまちが蒸籠を運んだ。作次はすぐに食べようとしない。目の前に置かれた蒸籠と蕎麦汁をじっと見つめ、やがておもむろに箸《はし》を摑《つか》んだ。箸の先で蕎麦を摑んで目の高さに上げ、しばらく見入る。

それから、ようやく蕎麦を蕎麦汁に少しつけてからすすった。

与吉は作次から目が離せなかった。なぜ、こんな客のために胸をどきどきさせなければならないのかと、腹立たしくなるが、気になってならなかった。

やがて、作次は箸を置いた。蒸籠に蕎麦は半分ほど残っていた。中休みではない。作次は巾着《きんちゃく》を取り出し、銭を置いた。十六文だ。

作次はよたよたしながら店を出て行く。

「また、半分しか食べないわ」

おまちが憤慨する。

「なぜなんだ」

与吉は我慢ならなかった。毎度、蒸籠を頼んで、半分しか食わない。全部食い切れないのなら、最初から半分を注文すればいい。

「ちょっと行ってくる」

おまちに言い、与吉は作次を追いかけた。

店は町外れにあるので、人通りはそれほど多くない。

「もし、お待ちを」

追いついて声をかけると、作次は立ち止まった。

「どうしてですか」

「なんでえ、いきなり」

作次が迷惑そうな顔をした。

「いつも、蕎麦を半分しか食べません。なにかわけでも」

「わけ？」

作次は不思議そうな顔をした。

「なんでえ、やっぱり、わかっちゃねえのか」

「なにをですか」

「あんな蕎麦、最後まで食べられたもんじゃねえ」

「…………」

思いがけない言葉に、与吉の全身は凍《こお》りついた。

「十六文の値打ちはねえ。八文でもつりがくる」

立ちすくんでいる与吉を残し、作次はよたよたしながら去って行く。

「あの野郎」

いやがらせだと思いながら、与吉の衝撃《しょうげき》は大きかった。

俺《おれ》の出店を面白く思っていない人間のまわし者に違いない。『桔梗屋』か、それともこの界隈《かいわい》にある蕎麦屋か。あるいは、これから店を出そうとする者が、先を越された恨《うら》みか。いずれにしろ、蕎麦を半分残して、信用を貶《おとし》めようとしている。悪意があることは明白だ。

「与吉さん。どうしたんですね」

声をかけられてはっとした。

「ああ、孝助《こうすけ》さん」

細面《ほそおもて》の柔和な顔に、翳《かげ》のようなものがある。二十六歳で、与吉より三つ若い。この並びにある『樽屋《たるや》』という一膳飯屋《いちぜんめしや》の板前だった。

多幸庵を開店したとき、挨拶《あいさつ》に来てくれた。そして、蕎麦を食べて、うまいと言ってくれた。それから、何かと力を貸して助けてくれている。

「ずいぶん思い詰《つ》めた顔をしていましたぜ」

孝助は心配したように言う。

「お恥《は》ずかしいところを見られてしまいました」

与吉はふと思いついて、

「孝助さん。ちょっと聞いてもらえますかえ」

と、口にした。

「なんでしょう」

孝助に話してみる気になったのは、孝助が浅草一帯を縄張《なわば》りにしている蝮《まむし》の文蔵《ぶんぞう》という岡《おか》っ引《ぴ》きの手下を務めているからだ。

文蔵は北町定町廻《じょうまちまわ》り同心丹羽溜一郎《にわりゅういちろう》から手札をもらっている。四十前の厳《いか》めしい顔の男だ。

「うちに、ほぼ半月に一度やって来る作次という客がいます。この男、いつも半分しか食わないんです」

与吉はいらだちを抑《おさ》えて言う。

「最初はそんなに食べられないのかと思っていたのですが、それにしてもいつも食べきれないのを不思議に思っていました。で、きょうも半分残したので、あっしは思い切って声をかけたんです。そしたら、あんな蕎麦、最後まで食べられたもんじゃねえと言い、十六文の半分でも高いと言いやがった」

「そんなことを言われたんですか」

「他のお客さんは喜んで全部たいらげてくれます。あの男だけです。ひょっとして、どこかの回し者じゃないかと思いましてね」

「いやがらせだと？」

「へえ。ご承知のように、蕎麦屋は競争が激しい。足を引っ張ろうとする輩《やから》がたくさんおります」

孝助が困った顔をしたので、与吉はあわてて、

「もちろん、作次が商売敵《しょうばいがたき》の回し者だと決めつけているわけじゃありません。ただ、あっしの作った蕎麦が気に入らなければ食いに来なければいいんです。そうじゃありませんかえ」

「作次という男が何者かを探ればいいのですね」

孝助が微笑《ほほえ》みを湛《たた》えながら言う。

「へえ。暇なときでいいんで、もし、調べてもらえると助かるんで。いえ、どこの回し者でもないとわかれば、それでもいいんで」

「わかりました。調べてみましょう」

「すみやせん」

与吉は孝助と別れ、店に戻った。

新しい客が来ていた。

孝助は一膳飯屋『樽屋』に帰ってきた。半年以上前からこの店の板場で働いている。細面《ほそおもて》の柔和な顔に荒《すさ》んだ翳が残るのはこの十年近く、上州《じょうしゅう》から野州《やしゅう》を転々とする暮らしをしてきたからだ。

「とっつあん。俺がやろう」

孝助は庖丁を持って大根をみじん切りしている亭主の喜助《きすけ》に声をかけた。喜助は五十過ぎの男で、深川門前仲町《ふかがわもんぜんなかちょう》で呑み屋をやっていたが、三年前にこの地に越してきた。

「いや、気にするな。文蔵の手伝いがあるんだろう」

文蔵に呼ばれた帰りだった。

先日、日本橋本町の大店《おおだな》で、押込みがあったが、たまたま警戒していた町方に見つかり、何もとらずに逃げた。三人組で、そのうちのひとりがこっちのほうに逃げ込んだと思われるので、警戒《けいかい》するようにということだった。

「急ぎの用ではないから」

「文蔵の懐《ふところ》に飛び込むことが第一だ。こっちのことは気にせずに」

「すまねえ」

孝助は十二歳のときから四年間京の料理屋で板前の修業をしたが、その後はわけあって、上州や野州の場末の呑み屋で庖丁を握り続けていた。そして、喜助と出会い、孝助の思いはいっきにあることに向かったのだ。

だが、今はある目的のために浅草に戻ってきていた。

その手始めが文蔵の信頼を得ることだった。

文蔵は十年前までは、浅草奥山《おくやま》でゆすり、たかりを繰り返していた地回りだった。

それが、あることをきっかけにおかみの御用《ごよう》を預るようになった。

「とっつあんは、作次って年寄りを知っているかえ」

近所に住んでいるならここにも来ているかもしれないと思った。

「作次？　ああ、あの年寄りか」

「よく来るのか」

「ここ二カ月ほど前から、しょっちゅう来るようになった」

二カ月前だと、孝助が文蔵の手伝いをするようになった頃《ころ》だ。だから、見かけたことはなかったのだ。

「銚子《ちょうし》を二本空けて最後はしじみ汁の大根飯を食って帰る」

『樽屋』は飯も酒も出す。ここで出す飯はしじみ汁の大根飯である。基本は大根飯で、炊《た》いた飯が噴《ふ》き上がるとき、蓋《ふた》をとって、刻んだ大根と塩を入れる。炊きあがってから、よくまぜながらおひつに移す。これを客に出すときは、しじみを醤油で煮込んだ出し汁をかけて出す。

このしじみを醤油で煮込んで出すのは孝助が思いついたのだが、近くにある待乳山《まっちやま》聖天は功徳《くどく》を大根と巾着に表していて、大根は身体丈夫《じょうぶ》と夫婦和合一家繁栄《はんえい》を表している。そのためにお供え物は大根である。そのこともあって、味だけではなく、縁起《えんぎ》もいいと評判になった。

「残すか」

「残す？」

一瞬、質問の意味がわからなかったように怪訝《けげん》な顔をしたが、

「いや。きれいにたいらげる。かなりな大食いのほうだ」

と、喜助は答えた。

「大食い？」

「酒を呑んでいるときもつまみをかなり食っていた」

与吉の話では、いつも蕎麦を半分残しているようだ。やはり、食い切れないわけではなさそうだ。

「今夜も来るんじゃねえかな。作次がどうかしたのか」

「いえ、なんでもねえ。さあ、代わろう」

孝助はたすき掛けをし、手を洗ってから、喜助に代わって庖丁をとった。

夕方になって、小女《こおんな》のおたまが暖簾をかける。まず、やって来たのは近所の隠居《いんきょ》だ。

続いて法被《はっぴ》を着た職人が三人。

小上がりの座敷《ざしき》と土間に縁台《えんだい》があった。だいたい、いつもの場所が決まっている。詰めて二十人が入ったことがあったが、それではかなりきつい。

「来たぜ」

喜助が耳打ちした。

不精髭にも白いものが目立つ。よれよれの着物だ。目もとろんとしている。小上がりの一番奥に座った。常連客はそこを越野十郎太《こしのじゆうろうた》のために空けておくのだが、作次はそのことを知らないのだろう。

越野十郎太は孝助と同い年の浪人《ろうにん》だ。細身の体に継《つ》ぎをあてたよれよれの単衣《ひとえ》の着流し。刀を落とし差しにし、すっかり浪人暮しが板についてしまっている。ただ、涼しげな目許《めもと》に気品のようなものが窺《うかが》えるのは、十郎太にはある目的があるからであり、それはまさに、孝助と同じものであった。

おたまが注文を受け、酒や肴《さかな》を運ぶ。作次はかなりの歳《とし》のように思えるが、五十歳にはいっていないようだ。

日傭取《ひようと》りや駕籠《かご》かきなどの常連客がやって来て、ますます賑《にぎ》やかになる。一日の憂《う》さを忘れるために騒ぐ。あっちで女郎買いの話で盛り上がれば、こっちは誰《だれ》かの悪口だ。くだらないことで言い合いになったりして、かまびすしい。

そんな中で、作次は表情ひとつ変えずに酒を呑んでいる。作次にとっては、他の客は枯れ木や石ころに過ぎないのかもしれない。

戸口に人影が現われた。越野十郎太だ。十郎太はいつもの場所に作次が座っているのを見て、別の空いている場所に腰を下ろした。

おたまが十郎太に酒を運ぶ。『樽屋』はいつものように盛況《せいきょう》だった。

そのうち、作次が飯を頼んだ。孝助は椀に大根飯を少し多めに盛り、しじみを醤油で煮込んだ出し汁をかけて出した。

作次はもくもくと食べた。全部、たいらげて、勘定《かんじょう》をおいて黙《だま》って出て行った。大食漢かもしれない。

汁もなくなった椀を見ながら、作次のことが改めて気になった。

二

翌日、孝助は北馬道町にある長屋に作次を訪ねた。

そこに行く途中に、『伊勢屋』という蕎麦屋があった。作次には、『多幸庵』に行くよりはるかに近い。蕎麦が食べたければ、『伊勢屋』に行けばいい。そう思いながら、長屋木戸をくぐった。

井戸端で大根を洗っている女に、作次の住まいをきいた。

「腰高障子に何も描《か》いていない真ん中ですよ」

座ったまま、女は大根の尻尾《しっぽ》を向けた。

「作次さんってどんなひとなんですかえ」

「どんなひとって？」

「話好きだとか、何をやっているひとだとか」

「無駄《むだ》なことは一切言わないね。いつも怒ったように顔をしかめているよ。でも、そんな偏屈《へんくつ》なひとではないけど」

「仕事は？」

「さあ、何もやってないわ。わけありでしょう」

「わけあり？」

「だって、何もないのに暮らしに困らないお金を持っているんですもの」

「誰か、訪ねてくるひとは？」

「一度か二度、中年の男のひとがやって来たけど」

「わかりました。どうも」

孝助は礼を言い、作次の住まいに向かった。

「ごめんなさいな」

孝助は腰高障子を開けた。

「誰でえ」

男の声がした。

「孝助と申します。ちょっとよろしいですかえ」

作次は壁に向かって書き物をしていた。文机《ふづくえ》には半紙が見えた。それを隠すようにして、体をこっちに向けた。

「すみません。私は蕎麦屋の『多幸庵』の与吉さんから頼まれて、あそこの蕎麦の何がいけないのかと教えてもらいにきたのですが」

「おまえさんは蕎麦職人かえ」

「いえ、違います」

「そうかえ。なら、言っても無駄だ」

「でも」

「いいかえ。どんなものでも、まずけりゃ食えねえ。それだけのことだ」

「そんなにまずいですかえ」

「まずくはねえが、うまくもねえ」

「だったら、なぜ、あのお店に行くんですかえ。他にもたくさん蕎麦屋はあるではありませんか」

「そんなことを言いにきたのか。だったら、帰ってもらおう」

「作次さん」

「俺は金を払って蕎麦を注文しているんだ。最後まで食えねえから残しているだけだ。まずいから金を返せと言っているわけじゃねえ。そうだろう」

「仰《おつしや》るとおりです。ですから、どこが物足りないか教えてあげたら」

「蕎麦の素人に、そんなことがわかるわけはねえ。ただ、わかるのはうまいかまずいかだ。それしか言えねえ」

「でも、何度も通っていますよね」

「今度は工夫してうまくなっているかと思ったが、まったく変わってねえ。今度こそはと思って行ってもまた同じだ」

「ちなみに、作次さんがおいしいと思う蕎麦屋はどこか教えていただけませんか」

「そうよな。この界隈でいえば、駒形町の『川嶋《かわしま》』だな」

「『川嶋』……」

苦いものが胸いっぱいに広がった。

「あそこは、玉子焼き、かまぼこ、しいたけ、クワイなどの具を乗せたしっぽくが有名だそうだが、蒸籠を食ってみればいい。あっ、言っておくが、『川嶋』が一番だなんて言っているんじゃねえ。『多幸庵』よりはるかにましだというだけだ」

「わかりました。ありがとうございます」

孝助は土間を出た。

『川嶋』ときいて胸が塞《ふさ》がれそうになった。いつぞや、偶然に『川嶋』の娘のおさわと出くわした。

十年ぶりの再会だった。おさわから名を呼ばれたが、孝助は人違いで通した。孝助には名乗れない事情があったのだ。

木戸の横にある大家の家を訪ねた。

「大家さん。ちょっとお訊《たず》ねしたいのですが」

孝助が切り出す。

「おや、おめえは文蔵親分のところの？」

「へい。孝助と申します」

一度、挨拶をしたことがあった。

「御用の筋ではありません。ちょっとこの長屋の作次さんのことについて教えていただきたいんです」

「作次の？」

「はい。作次さんは以前、何をされていたのでしょうか」

「ある商家の下男をしていたそうです」

「下男ですか。ちなみにどこでしょうか」

「上野新黒門町《しんくろもんちょう》にある『森田屋《もりたや》』です。森田屋さんの世話で、ここに住むようになったのです」

「家賃は？」

「森田屋さんからいただいています」

「暮らし向きの金は？　今は働いていないみたいですが」

「貯《たくわ》えがあるんではないか。もしかしたら、それも森田屋さんから出ているかもしれないが……」

「なぜ、森田屋さんがそこまで？」

「十年近く働いてくれたお礼の気持ちだと言ってました」

元奉公人にそこまでするのだろうか。

昼前に、『多幸庵』に行くと、ちょうど与吉が暖簾をかけるところだった。

「あっ、孝助さん」

「作次さんのところに行って来ました」

「さあ、どうぞ」

店に入り、作次の言葉を伝えた。

「そうですか。やはり、まずいと言ってましたか。工夫がないと言っても、ただ困惑《こんわく》するばかりです」

「作次さんは、上野新黒門町にある『森田屋』で下男をしていたそうです」

「『森田屋』ですって？」

与吉が顔色を変えた。

「ええ。ご存じですか」

「はい。私が前に働いていた『桔梗屋』という蕎麦屋のお客さんでした」

「『桔梗屋』というと？」

「はい。大勢の蕎麦打ち職人が働いている大きな店です。お客さんがいつも入るせいか、儲《もう》けに走るようになっちまった。だんだん、蕎麦粉を少なく、つなぎを多くしていって、いろいろな具を乗せて味をごまかそうとしていたんです。それを批判したら、旦那《だんな》や他の職人たちからたちまち嫌われました。そうですか。『森田屋』ですか」

与吉は顔を歪め、

「これで、読めました」

「『桔梗屋』から頼まれてのいやがらせだと？」

「そうだと思います。だから、何度もやって来るんです。ほんとうにまずいと思うなら、二度と来ないはずです」

「確かに、そうですね」

「これですっきりしました」

与吉は頷《うなず》きながら、

「そうとわかったら、もう相手にしません。孝助さん、おかげで助かった」

「いえ」

孝助はせっかくだからと思い、

「蒸籠を作ってくれますか」

と、注文した。

「わかりました」

孝助は縁台の奥に座って、蕎麦が仕上がるのを待った。

暖簾をくぐって、商家の主人ふうの男と小粋《こいき》な感じの若い男が入ってきた。若い男は出入りの職人かもしれない。

ふたりは小上がりの座敷に上がり、壁《かべ》の品書きを見ている。かけ蕎麦、ざる蕎麦、玉子とじ、てんぷら蕎麦、ねぎなんばん、かもなんばん、しっぽくなどの文字が並んでいる。

「うどんはないのだな」

主人ふうの男が言う。

「旦那はうどんなんですね」

「そうだ。私の親は大坂の出なので、この歳になるまでうどんしか食べたことがない」

「では、きょうは蕎麦をいってみましょう」

職人体《てい》の男がおまちに声をかけた。

「かもなんばんをふたつ」

「はい。かもなんばんふたつ」

おまちが元気に応じる。

孝助はふたりの会話を聞くともなし聞いていると、蒸籠が運ばれてきた。

蕎麦を麵《めん》にして食べるようになったのは江戸期に入ってからだ。それまでは、「蕎麦がき」、「蕎麦ねり」、「蕎麦もち」などにして食べていた。

蕎麦の産地では、蕎麦粉を水か湯で練り上げた「蕎麦がき」を常食としていたのだ。蕎麦粉だけでなく、他の食べ物と練り合わせて風味を出したりしていた。

『定勝寺文書《じょうしょうじもんじょ》』によると、天正二年（一五七四）に信州の定勝寺で「蕎麦きり」が振る舞われたと記されていて、これが「蕎麦きり」の最初かもしれない。

蕎麦粉は粘《ねば》り気《け》がなく、捏ねても麵状になりにくいので「つなぎ」を使っていろいろ工夫して「蕎麦きり」を作っているのだ。

麵状にして蒸籠で蒸した「蕎麦きり」を蕎麦汁に少しつけてさっとすする蕎麦は、江戸っ子の気質にも合ってたちまち流行《はや》ったのだ。

孝助は目の前に出された蕎麦に思わず舌鼓を打った。白く輝いて美しい。箸ですくって蕎麦汁につけていっきにすする。

しこしこして喉越《のどご》しもいいが、蕎麦汁も絶品だった。初期の頃は、「たれ味噌《みそ》」を蕎麦汁に使っていたが、江戸後期になると、醬油や鰹節、みりんが普及し、蕎麦汁も変わった。ここの蕎麦汁は鰹節や煮干しなどを煮出しただし汁に濃口醬油やみりんを合わせて作ったものだ。

蕎麦の感触にあとから蕎麦汁の深い味が口の中で広がり、喉に流れ込んでいく。孝助は次々と箸で蕎麦をつまみ、蕎麦汁につけてすすっていく。

おまちが湯桶《ゆとう》を持ってきた。元禄《げんろく》（一六八八〜一七〇四）のころから蕎麦を食べたあとに蕎麦湯を呑むようになったらしいが、江戸に広まったのは寛延《かんえん》（一七四八〜一七五一）以降だという。

蕎麦湯には多くの栄養になるものが含まれている。食いすぎても、蕎麦湯を呑んでいればすぐ治ると、孝助は聞いている。

蕎麦湯を呑んでいると、突然商家の旦那ふうの男が激しく咳《せ》き込んだ。

「旦那、だいじょうぶですかえ」

職人体の男があわてて旦那の背中をさすった。

「すまない。もう、だいじょうぶだ」

「でも」

「落ち着いた」

激しい咳《せき》は治まったが、まだぜえぜえしているようだった。

「おまちどおさま」

ふたりの前にかもなんばんが出された。

合鴨《あいがも》の鴨肉とながねぎをかけ汁で煮る。かもなんばんは馬喰町《ばくろちよう》にあった笹屋《ささや》がはじめたものだ。

孝助は食い終えた。

「うまかった」

与吉に声をかけた。

「ありがてえ、そう言ってもらうと張り合いが出る」

「やっぱり、例のは気にしないでいい」

いやがらせだと、孝助は暗に言った。

「そうします」

そのとき、突然、商家の旦那が苦しみ出した。

「旦那。どうなすった？」

職人体の男が騒いだ。

与吉もびっくりして、

「お客さん、どうなさいましたか」

と、駆け寄った。

孝助もそばに寄った。

商家の旦那が喉をかきむしって苦しみだした。何かを吐いた。

「おまち。恭順《きようじゆん》先生を呼んできてくれ」

与吉が焦《あせ》って言う。北馬道町にある漢方医の松本《まつもと》恭順だ。

「はい」

あわてて、おまちが店を飛びだした。

「ともかく、奥に」

与吉は言ったが、旦那は苦しがっていて動かせそうになかった。

職人体の男が背中をさすろうとするが、苦しいのか旦那は手で払う。なすすべもなく、黙ってみているしかなかった。

やっと、医者が駆けつけてきた。

「どれ」

髭をはやした恭順は苦しんでいる旦那の容体を診《み》てから、

「ともかくわしのところに運ぶのだ」

と、強い口調で言う。

「駕籠を呼びますか」

与吉がきく。

「いや、背負っていったほうがいい」

孝助が口を入れる。

「あっしが背負っていきます」

職人体の男が言う。

「よし」

孝助と与吉とで旦那を職人体の男の背中に乗せた。

立ち上がったとき、職人体の男は少しよろけたが、足を踏ん張り、あとはしっかりとした足取りで医者とともに店を出て行った。

与吉は呆然《ぼうぜん》としていた。

戸口には客が何人か待っていた。

「何かあったのか」

「すみません。いま、取り込み中でして、休業させていただきます」

与吉が泣きそうな声で言う。

「休業だって。なんでえ」

「今出て行ったひとはどうしたんだ。まさか、食中《しょくあた》りでも出したか」

戸口に立った客が口々に言う。

「いや、食中りじゃありません。お客さんの急病人です」

孝助が客に説明する。

「客が急病なら店は関《かか》わりねえ。商売は出来るんじゃねえのか。せっかく食いにきたんだぜ」

「申し訳ありません。きょうのところはご勘弁《かんべん》ください」

与吉が懸命に客に謝った。

「ちっ。蕎麦屋はここだけじゃねえ」

そう言いながらひとりの客が引き返すと、ぞろぞろと他の客も引き返して行った。

「まさか」

与吉の声が震《ふる》えた。

急いで板場に向かった。

「暖簾を下げたほうがいいですね」

孝助はおまちに声をかけ、板場に向かった。

「どうしましたか」

「鴨肉が腐《くさ》っていたのかと思って」

与吉は鴨肉の匂《にお》いを嗅《か》いでいる。

「腐ってはないようだ」

孝助も鴨肉の匂いや色を見た。確かに、問題はないようだった。それから、客に出した蕎麦を見た。具はそのまま残っているようだ。蕎麦を口にしただけだ。

「様子を見てきます」

孝助が出て行こうとすると、与吉の悲鳴のような声が聞こえた。

「もう、だめだ」

与吉がへたり込んだ。

「与吉さん。しっかりしてください。まだ、食中りと決まったわけではありません。気を確かに持ってください」

「でも」

「様子を見てきますから。それから、念のために、あのかもなんばんは捨てずにそのままで」

そう注意を与えて、孝助は土間を飛びだした。

北馬道町の松本恭順の医院に駆け込むと、急病人はまだぜえぜえ言っているものの、さっきよりだいぶ落ち着いていた。唇《くちびる》が赤く腫《は》れている。

「いかがですか」

孝助は恭順にきいた。

「吐いていますから一見食中りのようですが、それにしては治りが早いようです。喘《ぜん》息《そく》の持病がおありのようで、発作《ほっさ》が起きたのでしょう。薬が効いたのか、落ち着いてきました。もう、心配はありません」

「そうですか。よかった」

孝助はほっとして、職人体の男に声をかけた。

「あっしはおかみの御用を預っている文蔵の手下で孝助と申します」

「これはどうも」

「こちらはどこのどなたなんですね」

「元鳥越町《もととりごえちょう》にある小間物問屋『白河屋《しらかわや》』の旦那で左兵衛《さへえ》さんです。あっしは『白河屋』に出入りをさせていただいている塗物師《ぬりものし》の政次《せいじ》っていいます」

「きょうはこっちのほうには？」

「へい。旦那のお供で聖天様にお参りに」

「聖天様に？」

「へい。いろいろおありでして」

政次が微《かす》かに含み笑いをした。

「お参りのあと、小腹が空《す》いたので何か食おうということになって、目についたあの店に入ったところ、あんな騒ぎに」

「左兵衛さんは喘息の持病があったそうですね」

「ええ。あんなにひどい発作ははじめてですので驚《おどろ》きました。でも、今はだいぶ治まってきましたので、あと一刻（二時間）ほど休んでから帰るつもりです。あのお蕎麦屋さんには御迷惑をおかけしました。落ち着いたら挨拶に伺《うかが》います。よろしくお伝えください」

「わかりました」

孝助は恭順の医院を出て『多幸庵』に戻った。

与吉は小上がりの座敷に腰を下ろして呆然としていた。

「与吉さん。だいじょうぶでした。だいぶ、落ち着いていました」

「そうですか」

「食中りではないそうです。喘息の持病があり、その発作だと恭順先生が言ってました」

「喘息の発作……。そうでしたか」

与吉は安堵のため息を漏らした。

「さあ。そうとわかったら、また暖簾を出してください」

「わかりました」

与吉は元気を取り戻していた。

三

次の日の昼、ふだん通りに客が来てくれたのでひと安心した。

あの客が苦しみ出したときは、てっきり鴨肉が腐っていて食中りを起したのかと心の臓が破裂するかと思うほどの衝撃《しょうげき》だった。

もし、そうだとしたら、お店を開けていられなくなってしまう。せっかく、こつこつとここまでやって来た苦労が水の泡《あわ》となる。

それだけに安堵感でいっぱいだったが、こんなことがあると、よけいに作次の仕打ちが気になる。

おそらく、作次はあちこちで『多幸庵』の蕎麦は食えたものではないと言いふらしているのではないか。

もしそうだとしたら、その影響が出てくるのはこれからかもしれない。『森田屋』の主人は孝助の話では、作次の後ろに『森田屋』がついているらしい。

与吉が働いていた『桔梗屋』の常連だ。

たまに同業の者や店の者を連れてくることもあるが、たいていひとりで来て、酒を呑み、蕎麦を食べて帰る。『桔梗屋』の主人とも親しい。

与吉がそば職人として修業に入ったころはそうでもなかったが、だんだん繁昌してくると、『桔梗屋』にも驕《おご》りが見えるようになった。

最初はつなぎの小麦粉も少なめだったが、だんだん量が増え、小麦粉二に対して蕎麦粉八だったものが最後のほうには四対六にもなっていた。

このことを兄弟子に言うと、旦那の命令だから仕方ないと言った。思い切って、与吉は旦那に直談判《じかだんぱん》した。

つなぎを多くしていくと、味が落ちて客離れが起きると訴えた。そんな味がわかるのは蕎麦好きのほんの一握りの客だ。そんな客が離れて行っても、その他大勢の客が来てくれるから商売上は問題ないと取り合おうとしなかった。

その言葉を聞いたとき、与吉は、修業させてもらった恩義はあるが、これ以上はついていけないと思った。やめると言い出したときも、俺のやり方について来られない人間はやめてもらおうと、『桔梗屋』の主人は逆に追い出すように言った。

与吉は『多幸庵』をはじめるにあたり、いちおう『桔梗屋』に挨拶に行った。仁義を通しておこうとしたのだ。

しかし、『桔梗屋』の主人又五郎《またごろう》は皮肉を言った。

「えらそうに言ってやめて行ったんだ。さぞかし、うまい蕎麦を食わせるのだろうな」

店をはじめて三カ月、又五郎が食べに来たことはないし、『桔梗屋』の昔の仲間が食べに来たこともない。

まったくに無視を決め込んでいるのだと思っていた。だが、ひそかに、作次を送り込んでいたのだ。

作次は又五郎になんと伝えたのだろうか。たいした味ではないと言ったのか。いずれにしろ、商売の邪魔《じゃま》をしようとしているのではないか。

思うように客足が伸びないのは又五郎があちこちで、あまりうまくないようだと言い触《ふ》らしているのではないかと思ったりもする。

だが、何の証《あかし》もないのに疑うのはよくない。だが、気になる。一度、『森田屋』の旦那に会って確かめてみたいと思った。ほんとうのことを言うかどうかわからないが、会ってみれば何かわかるかもしれない。

「おまえさん」

おまちの声に、与吉ははっと我に返った。

「どうしたんですね。思い詰めたような顔をして」

「なんでもない」

「なんでもなくないわ」

おまちは『桔梗屋』で店に出ていた女だった。『桔梗屋』をやめた与吉が信州から帰って夜鷹蕎麦をはじめるとき、夫婦約束をしていたわけではないが、おまちも『桔梗屋』をやめて与吉を手伝ってくれた。

ひょっとしたら、おまちのことも又五郎は面白く思っていないのかもしれない。

「作次のことが気になってならないんだ。『桔梗屋』から頼まれていやがらせをしているのかもしれない。そのことだけでもはっきりさせようと思ったんだ」

「そうだったらどうするのさ」

「どうしようもないが」

「だったら、そんなことで骨折りしても何にもなんないわ。それより、もっとおいしい蕎麦を作るように工夫すべきよ」

「作次の言うことを真に受けるのか」

「確かに、あのひとのやっていることはひどいわ。でも、工夫をしていないと言われるのは悔しいわ。いやがらせに来た作次さんを唸《うな》らせるような蕎麦を作りましょうよ」

「しかし、工夫といっても、これまでもさんざんやってきて今の味を出せるようになったんだ。これ以上何を……」

「大本にもどりましょう」

「大本？」

「ええ、今はつなぎをいれるのが当たり前になっているけど、もともとは蕎麦粉だけで打たれていたんでしょう」

「そうだ。生粉《きこう》打ちだ」

元禄のはじめ頃はつなぎを使わず、蕎麦粉だけで打つ生粉打ちだった。それが、小麦粉のつなぎを入れて打つようになった。これにより、安く蕎麦を作れるようになって蕎麦が普及した。

「しかし、生粉打ちは……」

蕎麦粉だけでは粘り気がなく、麵状になりにくい。ただ、高級な蕎麦粉を使えば、つなぎなしでも麵状になるかもしれない。

だが、そのような高級な蕎麦粉を使ったら、蒸籠を十六文で客に出すことなど無理だ。蕎麦は庶民のものだ。高価であってはならない。

「今使っている蕎麦粉でも、工夫によって生粉打ち出来るんじゃないかしら。そこに工夫のしどころがあるのよ」

おまちが励ます。

「そうだな」

与吉はその気になってきた。

『桔梗屋』よりうまい蕎麦を作ったという自信はある。だが、もっとうまい蕎麦を作ることに専一しよう。それには生粉打ちだと思った。

その夜、店を閉めてから、与吉は蕎麦打ちをはじめた。

蕎麦粉と本来ならつなぎの小麦粉を入れるのだが、小鉢に蕎麦粉だけを入れ、まず熱湯を含ませ、それから今度は水で混ぜる。蕎麦粉に均等に水を染み込ませてから捏ねる。手のひらや拳《こぶし》で押しつけたりする。だが、丸みを帯びた固まりにならず、裂《さ》け目《め》が出来て、失敗した。

「だめだ」

与吉は叫び、次に、蕎麦粉に玉子を入れて、最初からやり直す。小鉢の中で十分に捏ねる。

今度は、蕎麦生地が大きな固まりになる。それを麺板に移し、打ち粉をして手で伸ばす。今までより、捏ねる回数を増やし、腰を使って力の加減も変えた。

いよいよ麺棒を使って生地を伸ばしていく。だが、与吉はあっと声を上げた。あちこちにひび割れが出来ていた。

ここまでの流れの中で、何が足りないのか、あるいはもう少し工夫が出来るところはないか考えた。

こうして、与吉は失敗を繰り返しながら工夫をしていった。

二日後。孝助は朝早く『樽屋』の勝手口から出た。孝助は『樽屋』の二階に住み込んでいる。喜助は五年前にかみさんを亡《な》くし、ひとり暮らしだった。

まだ薄暗い中を、孝助は待乳山聖天に行く。毎朝、聖天様に願掛《がんか》けをしているのだ。

早朝の境内はあまりひとはいない。孝助は本堂に向かう。待乳山聖天は十一面観音菩薩《ぼさつ》の化身である大聖歓喜天を祀《まつ》ってあり、大根をお供えしている。

（どうぞ、お店の再興が叶《かな》いますように）

孝助は長い時間、聖天様に手を合わせた。

お参りを済ますと、孝助は石段をおり、今戸橋《いまどばし》を渡った。大川沿いをしばらく行くと、黒板塀の『鶴の家《つるのや》』という大きな料理屋が現われる。塀の内側に見事な枝振りの松が見える。子どもの頃、あの松の枝に乗ったり、ぶらさがって遊んだものだ。

十年前に他人の手に渡ったが、ここは孝助が生れ、育ったところだ。十年前までは『なみ川《かわ》』という鯉《こい》こくと鰻《うなぎ》料理で有名な料理屋だった。

孝助がここに住んだのは十二歳までで、そのあと、孝助は京に上った。そして、十六歳のときに『なみ川』は人手に渡ってしまったのだ。

ここで何が起こったのか。当時、京に板前の修業に行っていた孝助はわからなかった。ただ、知らせを聞いて駆けつけたとき、すでに父も母もいなかった。『なみ川』で何が起きたのか、その真相を突き止め、『なみ川』を再興する。それが、孝助の願いだった。

店に戻ると、文蔵の手下の峰吉《みねきち》が待っていた。

「孝助さん」

峰吉が近寄ってきた。峰吉は十九歳。山谷《さんや》の紙漉《かみす》き職人の倅《せがれ》だが、捕物好きで文蔵の手下になっている。今は、文蔵の家に居候《いそうろう》をしている。親はいっときのことだと辛抱しているようだ。

「何かあったのかえ」

「元鳥越町の商家で変死だ。親分はすでに向かっている。自身番で待っているそうだ」

「わかった。すぐ行く」

用件を伝えると、峰吉は引き上げた。

孝助は裏口から入り、起き出してきた喜助に、

「とっつあん。文蔵親分のお呼びだ。行ってくる」

「わかった。こっちは心配いらねえ」

孝助は急いで家を出た。

元鳥越町の自身番に駆《か》けつけると、店番の家主が、

「孝助さんですね。文蔵親分から『白河屋』さんに来るようにと言づかりました」

と、沈んだ顔で言う。

「『白河屋』ですって」

「ええ、小間物問屋『白河屋』です。旦那の左兵衛さんが明け方になって急に苦しみ出してお亡くなりになったのです」

「えっ、左兵衛さんが亡くなった？」

数日前、『多幸庵』で喘息の発作を起し、松本恭順の医院に運ばれ治療《ちりよう》を受けたばかりだった。

「はい。いちおう変死ってことで、親分さんにお知らせしました」

「わかりました。行ってみます」

孝助は場所を聞いて、『白河屋』に急いだ。

これまでにふたつの大きな事件を解決に導き、文蔵の信頼を得ていた。また、前から いた松吉《まつきち》という手下が亡くなったこともあって、文蔵は孝助を頼るようになっていた。これこそ、孝助の狙《ねら》いだった。

だが、まだまだ不十分だ。なんでも隠し立てなく話してくれるようになるまでにはしばらく時間がかかりそうだ。

鳥越神社の近くに漆喰《しつくい》の土蔵作りの『白河屋』があった。大戸が閉まり、凶事《きようじ》が起きた気配を醸《かも》しだしている。

潜《くぐ》り戸から入り、番頭の案内で、奥の部屋に向かった。内庭に面した部屋を入り、さらに隣の部屋に文蔵と峰吉の姿が見えた。

「親分」

廊下から、孝助は声をかけた。文蔵は四十前の厳めしい顔の男だ。ぎょろ目で睨みつけられたら、ほとんどの人間は身震《みぶる》いするに違いない。

「おう、来たか。まず、ホトケをみてみろ」

「へい」

孝助はふとんに寝かされている左兵衛の枕元《まくらもと》にしゃがんだ。

手を合わせてから顔を見る。『多幸庵』で見た顔に間違いなかった。唇が赤く腫れて、肌が赤くただれている。喉に引っかいたようなあとがあった。『多幸庵』での症状と同じだ。

外傷はない。喘息の発作だろうか。

ふと枕の下に、白い粉のようなものが落ちているのに気づいた。指ですくって嗅いでみたが、異臭はない。毒ではないようだ。

孝助は立ち上がって、

「医者はなんて？」

と、文蔵に声をかけた。

「毒を呑んだようにも思えるが、毒ではないようだという。ようするに、わからない。ただ、喘息持ちだったので、いつもより激しい発作が起きたということだ」

「親分。じつはあっしはこのひとが喘息の発作を起したときに立ち会っているんです」

「なんだと」

孝助は『多幸庵』での一件を話した。

「そうか。やはり、喘息の発作か。だが、それにしちゃ、死ぬなんてよほどのことだったんじゃねえか」

「そうですねえ」

廊下に面した部屋に色っぽい年増がいた。二十七、八か。

「親分、あの女は?」

孝助は小声できく。

「内儀《おかみ》のおしまだ」

「内儀?」

左兵衛は四十半ばぐらいだ。

「後添いだ。その隣に控えているのが一番番頭の沢太郎《さわたろう》だ」

沢太郎は三十半ばの渋《しぶ》い感じの男だ。沢太郎とおしまが並んでいると、ふたりは似合いの夫婦に見えなくもない。

「左兵衛に子どもは？」

「左吉《さきち》という倅がいるらしいが、家を飛びだしている。勘当《かんどう》の身らしい」

「じゃあ、左兵衛が死んでこの店は？」

「そこだ。それがあるから、単純に病死と決めつけられねえんだ」

廊下に足音がして顔を向けると、北町定町廻り同心丹羽溜一郎がさっそうとやって来た。太い眉《まゆ》が目につく。

「どうだ？」

「へえ、なんとも」

文蔵は曖昧《あいまい》に言う。

溜一郎は渋い顔のままホトケの前に腰を下ろした。

「おめえ、あのふたりから改めて話を聞いてこい」

文蔵は言い、溜一郎のあとに従う。

孝助は内儀のおしまと番頭のところに行く。

「ちょっと、教えてもらいてえ」

孝助はおしまに声をかけた。

「左兵衛さんが苦しみ出したのはいつだえ」

「まだ夜が明けきらない頃でした。少し呼吸が荒くなってきました。でも、こういうことはいつもあるので、すぐに治まると思っていたのです。そのとおり、少し落ち着いてきました。私は明六つ（午前六時）に起きました。息は荒いようでしたが、だいじょうぶだと言うので、私は化粧《けしよう》を済ましてから台所に行き、女中たちに朝餉《あさげ》の支度《したく》の指図をしたりし、店の掃除《そうじ》などに目を配ったりしていました。ふと気づくと、いつもならそろそろ起きてくるうちのひとが顔を見せません。でも夜中、発作が起きて眠れなかったようだから、もう少し寝かせておいてやろうとそのままにしたんです」

おしまは声を詰まらせ、

「早く起しに行けばよかったと、今は後悔しています。そろそろ起さねばと思って寝間に行ったら……」

「左兵衛さんは数日前、待乳山聖天様にお参りに行った帰りに寄った蕎麦屋で、喘息の発作を起しているのですが、聞いていますか」

「はい。でも、どうして、そのことを？」

おしまは不思議そうな顔をした。

「じつは、そのとき、たまたま居合わせたのです」

「………」

　おしまは目を見張った。

「あの日、帰って来てから、左兵衛さんの様子はいかがでしたか」

「次の日にはもう普段どおりに元気に仕事をしていました。ですから、安心しきっていました」

「失礼ですが、左兵衛さんとは歳が離れているようですが」

「はい、二十近く違います。私は五年前に後添いで入りました。それまでは下谷《したや》御数《おす》寄屋町《きやまち》の芸者でした」

「先妻はどうしたのですか」

「病気で亡くなったそうです」

「倅がいたそうですね」

「はい。左吉という子がいました。でも、五年前、私が後添いになると決まってから、急に荒れだして手がつけられなくなって、うちのひとが勘当しました」

「これから、このお店はどうするおつもりですか」

「左吉さんを探して戻って来てもらいます」

「そうですか」

隣で番頭の沢太郎が頷きながら聞いていた。

「孝助」

文蔵がやって来た。

「どうだ？」

「へえ、ひと通りのことはお聞きしました」

「よし。引き上げる」

「へい」

「内儀さん」

文蔵がおしまに声をかける。

「検死の与力がもうすぐやって来る。それまで、亡骸《なきがら》はあのままにしておいてもらいてえ。弔問を受けるのはそれからだ」

「親分さん」

沢太郎がはじめて口を入れた。

「旦那さまは病死なのに、なぜこのようにお調べがあるのでしょうか」

「はっきりした死因がわからねえんだ。万が一、毒を呑まされたということも考えられなくはないからな」

「毒……」

「なあに、検死はすぐ終わる」

そういう話をしている間に、検死与力として当番方の与力と毒物に詳しい本草学者が連れ立ってやってきた。トリカブト事件のときにも検死に立ち会った学者である。

孝助は検死が終わるのを待った。

「毒は呑んでないそうだ」

検死与力が廊下に出て来て、溜一郎に告げた。毒死であれば、枕の下にあった白い粉のことを話そうと思ったが、孝助は言わなかった。

「やはり、喘息の発作が起きたのだろう」

「病死ですか」

「まあ、そういうことになるな」

与力ははっきり言い切ることはなかった。

四

孝助は『多幸庵』に顔を出した。

昼に少し間があり、まだ暖簾は出ていなかった。裏口から入って行くと、板場では大きな鍋に湯が沸《わ》いていた。

「与吉さん」

孝助が声をかけると、与吉は顔を向けた。

「今、話してだいじょうぶですか」

「ええ。何かありましたか」

「それが」

孝助は一瞬迷ったが、

「先日、発作を起したお客を覚えていますか。『白河屋』の左兵衛さんです」

「ええ、覚えています。あんな騒ぎになったんですから。左兵衛さんがどうかしたのですか」

「今朝、また発作が起きて亡くなりました」

「亡くなった……」

与吉は目を剝《む》いた。

「松本恭順先生の手当てのおかげで、回復したと思われていたんですがねえ」

「……」

「いちおうここでのことは文蔵親分にも話してあります。でも、心配はいりません。ここことは関わりないことですから、奉行所のほうで事情を聞きにくることはありません」

「そうですか。いろいろ助かりました」

「いや。たいしたことはしちゃいませんよ。じゃあ、あっしは」

孝助は再び裏口から出て行った。

北馬道町に行くと、文蔵が松本恭順の医院に到着《とうちゃく》するところだった。

「親分、すみません」

『多幸庵』に寄って来たことを詫《わ》び、孝助が格子戸《こうしど》を開けた。こぢんまりした医院で、狭《せま》い土間にたくさんの履物《はきもの》があった。

助手の男に、

「恭順先生にお会いしたいのですが」

と、孝助が声をかける。

背後にいる文蔵に気づき、助手の男は奥に引っ込んだ。上がり口の部屋には何人もの患者《かんじゃ》が診察を待っている。

すぐ戻って来て、

「どうぞ」

と、上がるように勧《すす》める。

文蔵と孝助は上がって恭順の療治部屋に行った。

「恭順先生。先日はお世話になりました」

孝助が挨拶すると、

「『多幸庵』での急患でしたな」

と、恭順は覚えていた。

「そうです。じつは、あのときの急患の左兵衛さんが今朝、亡くなりました」

「なに、亡くなった？」

恭順は隣の文蔵に顔を向けた。

「そのことでおききしたいんですがね」

文蔵が声をかけ、

「蕎麦屋で、白河屋左兵衛は喘息の発作を起したんですね」

「そうだと思います」

「そうだと思う？　どういうことですかえ」

「呼吸が出来ないなどの症状は同じなのですが、吐いたり、二の腕がかぶれていたり、喘息の発作とは違うような症状もありました」

「食中りでは？」

「そういう症状ではありませんでした。薬を投与して、次第に症状は軽くなって行きましたから」

「毒ではなかったんですね」

「違います」

「なんだったんでしょう」

「わかりませんが、やはり喘息の発作と考えるべきかと」

「わかりました」

「ただ」

恭順が思いだしたように言う。

「あの肌がかぶれていたのは、漆《うるし》によるものと似ていました。もしかしたら、漆でかぶれたのかもしれません」

「なぜ、漆で?」

「いっしょにいたひとが塗物師だと聞きましたので」

「そうか」

文蔵が孝助の顔を見た。

「ええ、塗物師の政次ってひとがいっしょでした」

「つまり、こういうことか。漆のかぶれと喘息の発作が同時に起きたと?」

「と言いましても、喘息の発作で息が出来なくなったのでしょう」

恭順が自信なさそうに言う。

肌に出来ていたのは漆のかぶれだろう。だったら、以前もかぶれたりしていたのか。

孝助は塗物師の政次のことが気になった。

「邪魔した」

文蔵は礼を言い、恭順の医院をあとにした。

外に出てから、

「なんかしっくりいかねえな」

と、文蔵が首を傾《かし》げた。

「漆のかぶれで、息が出来なくなったなんてことは考えられませんぜ。だって、その前からずっと左兵衛は政次といっしょだったんです。『多幸庵』についてからかぶれが出たのは変ですぜ」

「『多幸庵』で漆塗りの器を使っているのか」

「いえ、使っちゃいません」

「『白河屋』の部屋はどうだ？」

「さあ、どうでしょうか。でも、もし、左兵衛が漆が苦手だったら、漆塗りのものなんか部屋に置いてはいなかったんじゃないですかえ」

「孝助。念のためだ。左兵衛は漆がだめだったか調べるんだ」

「へい。わかりました」

ふたりは元鳥越町に向かった。

『白河屋』に行くと、忌中《きちゆう》の貼《は》り紙《がみ》がしてあり、弔問客《ちようもんきやく》が出入りをしていた。

文蔵と孝助は亡骸を安置してある部屋の隣の部屋で、内儀のおしまと向かい合った。

「内儀さん。つかぬことをお伺いしますが、左兵衛さんは漆で肌がかぶれるようなことはありましたかえ」

文蔵が口を開いた。

「漆ですか。いえ、そんなことはありません。家には、漆塗りのものがたくさんあります。今まで、そんなことはありませんでした」

おしまの白いうなじは色っぽい。

「左兵衛さんの肌がすこしかぶれていたようですが、何か思い当たることはありませんかえ」

「さあ、わかりません。もし漆によるものだったとしても、私にはわからなかったかもしれません」

「喘息の気はあったんですね」

孝助が確かめる。

「はい。季節の変わり目などにときたま苦しそうに咳き込んでいることがありました。でも、そんなに、ひどくはありませんでした。まさか、こんなことになるなんて。ゆっくり寝かしておいてやろうとしたことが悪かったなんて……。もっと早く起しに行けばよかったと、悔いが残ってなりません」

おしまは嗚咽《おえつ》を堪《こら》えるように手のひらを口に当てた。

「誰も予期出来ない発作でしたからね」

孝助はそう言ったあとで、自分の言葉にはっとした。もし、喘息の発作が予期出来たら、と考えたのだ。

「季節の変わり目に発作が起きていたそうですが、その他にはありませんでしたか。たとえば、こんなことをすると必ず発作が起きるとか」

「そういうのはなかったと思います」

「かかりつけの医者は、なんという先生でしたっけ」

孝助はきく。

「今川桂伯《いまがわけいはく》先生です」

「今朝、駆けつけた医者ですね」

「そうです」

「家はどこですか」

「鳥越神社の裏手です」

「内儀さん」

文蔵が口を開いた。

「勘当した左吉さんは見つかりましたかえ」

「はい。見つかりました。今、帰ってくるように説き伏せているところです」

「お会いになったのですか」

「いえ。左吉さんが昔から兄のように慕《した》っていたお方にお願いしているところです。ですから、必ず帰ってくるはずです」

「この店は左吉さんが継ぐことになるんですね」

「はい。ただ、左吉さんはまだ二十二歳で、商売もしたことがないので、しばらくは番頭さんに後見になってもらわねばなりませんが」

「それなら、お店に心配はない？」

「はい。そのとおりです」

おしまは胸を張った。

「内儀さん」

孝助はふと気になって、

「ちなみに、左吉さんが昔から兄のように慕っていたお方というのはどなたなんですかえ。差し支えなかったらお聞かせ願えませんか」

「塗物師の政次さんです」

「旦那といっしょだった？」

「はい。うちのひとは政次さんを気に入っておりましたので」

もともと政次の父親の代から出入りをしていたという。

「そうですか」

「孝助、いいか」

文蔵が確かめる。

「へい」

「取り込み中をすまなかった」

文蔵はおしまに礼を言い、腰を浮かした。

「ちょっと線香をあげさせてもらえますかえ」

「はい。どうぞ」

逆さ屛風《びょうぶ》の前に、北枕で横たわっている左兵衛の亡骸まで、おしまは案内した。

『白河屋』を出てから、

「やはり、病死に間違いなさそうだ」

と、文蔵が呟《つぶや》くように言った。

「親分。あっしは念のために、今川桂伯から話を聞いてきたいんですが」

「だが、今朝、桂伯は左兵衛の亡骸を診ているんだ。桂伯も喘息の発作だと言っていた」

「へえ。ちょっと確かめておきたいことが」

「まあ、いい。俺は引き上げる。夕方、みな俺のところに集まる。ちょっとでもいいから顔を出せ」

「わかりました」

孝助は文蔵と別れ、今川桂伯に会いに行った。

今川桂伯の医院は黒板塀に囲まれた大きな屋敷だった。弟子の医者もたくさんいて、かなり流行っているようだった。

孝助は客間に通されて、今川桂伯と差し向かいになった。患者だった左兵衛のことなので、桂伯は会ってくれたようだ。

「左兵衛さんは喘息持ちだったようですが、ときたま発作は起したんでしょうか」

「ときたま、咳き込むようなことはあったが、そんなに激しいものではなかった。もちろん、命に関わるような発作はなかったはず」

桂伯は五十近い。顔には皺《しわ》が浮き出ている。だが、声は力が漲《みなぎ》り、若々しい。

「数日前、左兵衛さんは浅草聖天町の蕎麦屋で激しい発作を起し、近くの医者に運び込まれました」

「そうらしいな」

桂伯は首を傾げ、

「いったい、何がきっかけで発作が起きたのか……」

「肌がかぶれていました。あれはなんでしょうか」

「何か食中りかもしれぬ」

「食中り？」

「左兵衛さんには合わない食べ物を口にしたのではないか」

「漆のかぶれでは？」

「いや、左兵衛さんは漆でかぶれるようなことはない」

「それが喘息を引き起したとも考えられますか」

「ありうるかもしれぬが、それを明かすことは出来ぬだろう」

「何か口にしたということですが、左兵衛さんが苦しみ出したのは早暁です。物を食べる時間ではありません。また、内儀さんも何か食べたとは言っていません」

「そうだの」

「前の晩に食べたものが早暁に効きだしたのでしょうか」

「いや、それは考えられぬ。食中りだとしたら、食べてからそう間を置かずに苦しみ出すだろう。その蕎麦屋では」

桂伯は息継ぎをして、

「蕎麦を食いはじめてから苦しみだしたようだが、その蕎麦の中に左兵衛さんの体が受け付けないものが入っていたのかもしれない」

「かもなんばんでしたが、左兵衛さんが口にしたのは蕎麦だけで、鴨肉やかまぼこなどの具はそのまま残っていました」

「すると、蕎麦がいけなかったのかもしれないが、今朝の発作では蕎麦など当然ながら食べていない。すると、蕎麦による食中りではないようだ」

桂伯は一拍の間を置き、

「いずれにしろ、死因は喘息の激しい発作で呼吸が出来なくなったためと考えるのが自然だろう。なぜ、あのような発作がおきたのかはわからないが、検死でもそうなっているのではないか」

「はい」

「肌のかぶれは食中りだと考えられる。今朝もかぶれていたことは説明がつかないところだが……」

最後は、桂伯も自信なさそうになった。

夕方、孝助は東仲町にある文蔵の家に行った。

文蔵はかみさんに羽二重団子《はぶたえだんご》の店をやらせている。観音様詣《もう》での客でいつも繁昌している。かみさんは料理屋で働いていた女で、うりざね顔の色っぽい女だ。二十七、八歳ぐらいだ。

居間に通されると、文蔵の手下が集まっていた。この家に居候している峰吉は当然として、田原町にある鰻屋『平沼《ひらぬま》』の跡取り息子の源太《げんた》、夜鷹蕎麦の亭主《ていしゅ》で毎夜、屋台を担《かつ》いで町をまわる亮吉《りょうきち》が顔を並べていた。

「遅くなりました」

「ごくろう。どうだった？」

「今川桂伯から話を聞いて来ましたが、新しいことはありませんでした。ようするに、何もわからないってことです」

孝助は聞き込んで来た話をした。

「そうだろうな」

「でも、あっしは何かひっかかるんです。もうちょっとこの件を調べてみたいんですが、いかがでしょう」

「わかった。じゃあ、おめえにそのことは任せよう」

「へい」

「孝助。『多幸庵』で発作騒ぎがあったそうじゃねえか。おめえ、その場に居合わせていたのになんも用をなさなかったか」

亮吉が孝助に厭味《いやみ》を言う。

「へえ。蕎麦を食べていたんですが、急に苦しみだしたんで、ただあわてちまって」

孝助は出しゃばらないように言う。

亮吉は一番の年長で、かつ手下になって五年以上経ち、文蔵の信頼も厚い。その亮吉は孝助に敵愾心《てきがいしん》を持っていて、なにかとつっかかってくる。

「与吉の打った蕎麦はうまいのか」

「亮吉兄いは『多幸庵』の与吉さんをご存じなんですかえ」

孝助は亮吉を立てるように言う。

「あの男も半年ばかし、屋台を担いでいたからな。夕方から夜遅くまで、商売をしていた。俺のような怠け者《なまもの》と違うから店を持てたんだな。それに、奴《やつ》は自分で蕎麦を打っていたからな」

亮吉が自嘲《じちよう》ぎみに言う。亮吉は親方のところから蕎麦の玉と蕎麦汁を仕入れて売っていた。

「それよか、兄いは捕物があれば、商売を放っちまうからな」

源太が口をはさむ。

「源太。おめえだって、『平沼』の跡取り息子のくせして捕物に夢中になりやがって」

「それはそうだが」

源太が二十五歳、亮吉は三十五歳だ。

「亮吉が夜鷹蕎麦屋をやっているのは食うためだ。いずれ、八丁堀《はっちょうぼり》の旦那から手札をもらおうとしている。源太、おめえはいつか『平沼』を継ぐんだ」

文蔵が源太に言う。

「俺もほんとうは親分のようになりたいんだけど」

源太は悔《くや》しそうに言う。

「ばかやろう。岡っ引きなんて、いい商売じゃねえ。峰吉だって、いずれ紙漉きのほうに精を出すようになるんだ。そうだろう」

「俺も親分のようになりてえ」

峰吉はぼそっと言う。

「孝助さんはどうなんだ?」

源太が話を振った。

「あっしも親分のようになりてえが、自信はねえ」

「おめえならなれる」

文蔵が太鼓判を押した。

「そうですかねえ。孝助は親分って柄《がら》じゃねえ」

またも亮吉は孝助にくさす。何につけても逆らってくるのだ。亮吉はなおも続けた。

「この男は下《した》っ端《ぱ》として動き回るぶんには力を発揮するが、上に立つ器じゃねえ」

「確かに、仰るとおりです」

孝助は逆らわずに答える。

「どうやら、自分のことはわかっているようだな」

亮吉は鼻で笑った。

孝助が文蔵の手下になったのも捕物《とりもの》好きだからと言ってあるが、ほんとうの理由は文蔵に近付くためだ。

十年前に孝助の実家である『なみ川』は廃業《はいぎょう》に追い込まれたのだが、その裏に何か隠されていることがあった。

そのことを文蔵が知っているのだ。

「親分。では、あっしはこれで」

「ああ」

亮吉が嫌っていることを知っているので、文蔵はあえて引き止めない。

浅草聖天町に向かいながら、孝助はまたも十年前のことを思いだしていた。

十年前、孝助は京の三条大橋の近くにある格式のある料亭に住み込んで板前の修業をしていた。

十年のつもりの修業の半分ほど過ぎたときに、江戸から手紙が届いた。

『なみ川』で食中りがあり、ふたりが死んだ。そのため、主人である父は奉行所の役人に捕《つか》まり、流罪。そして付加刑として闕所《けっしょ》が加わり、料亭はすべて没収されたという。

急ぎ京から帰ると、父は獄中《ごくちゅう》で死んでおり、母も心労から亡くなっていた。妹のお新《しん》は親戚に引き取られていた。

孝助は自棄《やけ》になって江戸を飛びだした。そして、この十年間、上州、野州などを転々とした。

ところが、館林《たてばやし》の呑み屋で板前をしているときに、客で来ていた博徒の男が妙《みょう》なことを口にしたのだ。

生国《しょうこく》を話しているうちに、江戸は浅草だと、男が言いだした。孝助も浅草だと答えると、男は懐《なつ》かしそうに、浅草奥山や吉原《よしわら》の話をしたあとで、

「俺は岡っ引きの文蔵に江戸を追われたんだ」

と、言いだした。

「あいつはもともと浅草の地回りだったんだ。かなり、ひどいことしていた。ほんとうなら小伝馬町《こでんまちょう》の牢屋敷《ろうやしき》にぶち込まれてもおかしくない人間だ。それを、『なみ川』という料理屋の没落に手を貸したおかげで岡っ引きになりやがった」

そのとき、はじめて『なみ川』の没落の裏に何か重大なことがあると気づいたのだ。

それで、浅草に戻った。

そして、喜助と再会した。喜助はもともと『なみ川』の板前だったが、『なみ川』をやめて深川に小さな店を持った。

ところが、五年前、かみさんが病気で亡くなったあと、『なみ川』のことを思いだし、深川の店を畳んで、聖天町に店を開いたのだ。

今は、孝助は喜助とともに『なみ川』の再興を考えるようになった。だが、その前に、なぜ『なみ川』が潰れなければならなかったのか。そのことを知るのが先決だった。

その鍵《かぎ》を握るのが文蔵だった。

『樽屋』に帰り、裏口から入る。板場から店を見ると、きょうもいっぱいだった。

「おや、作次が帰るところだ」

喜助が言った。

いつものように大根飯を食い終え、店を出て行こうとしていた。

「あの男、おめえに話があるらしい」

「俺に？」

戸口から作次が出て行った。

「ちょっと行ってくる」

孝助は店の中を突っきって戸を開けて外に出た。

よたよたした歩きで、作次が夜道を帰って行く。孝助は小走りに近付き、

「作次さん」

と、声をかけた。

作次は立ち止まった。

「あっしに何か」

「『多幸庵』で何かあったそうじゃねえか」

「ええ」

「何があったんだね。食中りでも出したか」

「食中りじゃありません」

作次が『桔梗屋』の回し者だとしたら、隠し立てして妙な誤解を持たれたら困ると思った。

「じつは、お客さんが『多幸庵』で急に喘息の発作を起して苦しみ出したんですよ」

「喘息の発作?」

「もちろん、苦しんでいるときは何が起ったかわからなかったんですが、医者に診せたところ、喘息の発作だという見立てでした」

「いつ発作が起きたんだ?」

「いつ?」

「蕎麦を食いはじめたときか」

「そうです。蕎麦を一口、二口すすったあとだったようです」

「で、その客は、その後、なんでもなかったんだな」

「ええ、そのときは治りました」

言うべきかどうか、孝助は迷った。

「そのときは治ったが、あとで何かあったと言うのか」

作次は執拗《しつよう》にきく。

「じつは、そのひと、今朝家で亡くなりました。喘息の発作でした。もともと、喘息持ちだったそうです」

「亡くなったのはどこの誰だ？」

「それを知ってどうしようというんですか」

「ただ、知っておきたいだけだ」

「元鳥越町にある『白河屋』の主人左兵衛さんです」

「左兵衛か。わかった」

作次はもう歩きだしていた。

教えたことを、ふいに後悔した。必要以上のことを喋《しゃべ》ってしまったのではないか。

孝助はさざ波のような不安がだんだん大きくなっていった。

第二章　噂

一

左兵衛《さへえ》の葬儀が終わった翌日、孝助《こうすけ》は『白河屋《しらかわや》』に内儀《おかみ》のおしまを訪ねた。

文蔵《ぶんぞう》がいなく、孝助ひとりのせいか、おしまの態度はぞんざいだった。

「忙《いそが》しいので早くすましてくださいな」

土間に立った孝助を見下ろすようにして言う。

「左吉《さきち》さん、まだ戻《もど》っていらっしゃってはいないのですか。葬儀にいらっしゃらないようでしたので」

『白河屋』の菩提寺《ぼだいじ》での葬儀に孝助が参加したのは、いまひとつ左兵衛の死に納得《なっとく》出来ないものがあったからだ。

「戻っています。でも、まだ皆さんの前に喪主《もしゅ》として出すわけにはいきませんからね。本人もまだそこまで覚悟が固まっていませんから」

「では、左吉さんはこの家にいらっしゃるんですか」

「まだですけど、近々、今の住まいを払《はら》ってここに移り住むことになっています」

「今、どちらに？」

「そんなこと、お話ししなきゃならないんですか」

おしまは小さな口許《くちもと》を歪《ゆが》めて、

「もう、いいかしら」

と、突《つ》き放《はな》すように言う。

「すみません。お取り込みのところを」

孝助は詫《わ》びてから、格子戸《こうしど》を開けて外に出た。

店先を見ると、ふだんどおり暖簾《のれん》が出て、主人の死などなかったかのように客が出入りをし、奉公人《ほうこうにん》は忙しそうに立ち働いていた。

『多幸庵《たこうあん》』で喘息《ぜんそく》の発作を起した左兵衛は数日後に同じ発作で自分の家の寝間《ねま》で絶命した。

『多幸庵』での発作による症状は医者に担《かつ》ぎ込まれてからみるみる回復していたのだ。その症状が続いていたとは思えない。自宅で、再び同じ発作が起きたのだ。『多幸庵』で起きた発作が自宅の寝間でなぜ起きたのか。

『多幸庵』では、左兵衛は蕎麦を一口か二口食べたあとで苦しみ出した。しかし、自宅の居間で、それも未明に蕎麦など食するわけはない。

『多幸庵』で蕎麦を食べたあとに発作を起したのは偶然《ぐうぜん》で、別の原因で発作が起きたのだろう。

蕎麦屋の店内と大店《おおだな》の座敷ではまったく様子は違う。両方に発作の原因となる同じものがあったのだろうか。

孝助は浅草御門《あさくさごもん》に近い茅町《かやちょう》一丁目に向かった。塗物師《ぬりものし》の政次《せいじ》の家がそこにあるのだ。

政次の家は二階建て長屋で、一階を仕事部屋にしていた。器や盆、膳《ぜん》などに漆《うるし》を塗る職人だ。

腰高障子《こしだかしょうじ》を開けると、奥のほうで若い職人が器にへらで漆を塗《ぬ》っていた。その脇《わき》に、政次の顔が見えた。

「お邪魔します。政次さん、ちょっといいですかえ」

「おまえさんは……」

微《かす》かに眉《まゆ》をひそめて、政次が立ち上がってやってきた。

「なにか」

「少し、お話をお伺いしたいのですが。今、お忙しければあとで参りますが」

「少しだけなら。でも、ここじゃ、職人たちの気が散ってしまう。外に出ましょう」

そう言い、政次は弟子に出かけてくると声をかけ、土間に下りた。

政次は浅草橋の袂《たもと》で立ち止まった。

「話ってなんですね」

「政次さんは、左兵衛さんから気に入られていたんですねえ」

「へえ、まあ。親父《おやじ》のときから、『白河屋』には出入りをしていますから」

「あの日、聖天《しょうでん》様にお参りに行ったそうですね。その帰りに『多幸庵』に寄られた?」

「そうです。旦那《だんな》に聖天様のお参りに付き合ってくれと頼まれたんですよ」

「なぜ、聖天様に?」

「夫婦和合の御利益《ごりやく》があるからですよ。旦那は今のおかみさんとの子どもが欲しかったんじゃないですか」

「左兵衛さんは左吉さんのことを諦《あきら》めていたんですかえ」

「どうでしょうか。勘当したまま、五年が経《た》ってましたからね」

「左吉さんは政次さんのことを慕《した》っていたそうですね」

「ええ」

「で、今度、お店に帰ってくることになったそうですが」

「そうです」

「政次さんが帰るように説《と》き伏《ふ》せたとか」

「まあ、そうです」

答えまで一拍《いっぱく》の間があった。

「左吉さん、どこにいたんですかえ」

「深川《ふかがわ》ですよ」

「何をしていたんですかえ」

「なぜ、そんなことをきくんですかえ」

政次は不快そうにきいた。

「ただ、気になって」

「こんな話なら、もうこれ以上は何もありませんねえ」

「いえ、お訊《たず》ねしたいのは左兵衛さんの発作のことでして」

「発作？」

政次が警戒気味《けいかいぎみ》に、

「まだ、そんなことを？」

「いちおう喘息の発作ということになっていますが、どうしてもわからないことがあるんです」

「…………」

「もっとも大きな謎《なぞ》が、なぜあんな激しい発作が起きたのかということです。確かに喘息持ちで、季節の変わり目に咳《せ》き込むことはあったそうですが、そんなに激しいものではなかった。それなのに、なぜ、あのような激しい発作が起きたのでしょうか」

「医者にきいてください」

「それより、不思議なのは口許が赤く腫《は》れていたのと肌のかぶれです。蕎麦屋でも、自宅の寝間でも、かぶれがありました。漆でかぶれるひとがいますよね」

「漆かぶれはそんなひどい発作は起しませんよ」

「そうでしょうね。でも、両方で同じような症状が出ている。『多幸庵』では、蕎麦を食べたあとに発作を起しましたが、自宅の寝間では寝ていて発作が起きた……。どうしてなのか」

「あっしにわかるはずありません」

「そうですよね」

　孝助は首をひねる。

「左兵衛さんの亡骸《なきがら》のそばで、妙なものを見つけたんです」

「白っぽい粉です。あれがなんだったかと今になって気になっているんです。ほんの僅《わず》かだったので集めることは出来なかったのですが」

「内儀さんの白粉《おしろい》じゃないんですか」

「いえ、そういうものではありませんでした」

「もう、いいですかえ。早く戻らねえと」

「すみません。もう一つだけ」

孝助は呼び止め、

「左兵衛さんと内儀さんの仲はどうだったんですね」

「どうだったとは？」

「うまくいっていたのか」

「もちろんです。だから、旦那が亡《な》くなったあと、左吉さんを呼び戻そうとしているんじゃありませんか」

「そうですね」

「じゃあ、あっしは戻りますぜ」

政次は引き返して行った。

「妙なもの？」

取り残されたように、孝助は橋の袂に佇《たたず》み、川を眺める。左兵衛の死はほんとうに喘息の発作によるものだったのか。

左兵衛は聖天様に行くのに、なぜ政次を連れて行ったのか。確かに政次を気に入っていたとしても出入りの職人に過ぎない。

そのことも、今になってみると不思議な気がする。

孝助がここまで左兵衛の死にこだわるのは不審死《ふしんし》だからだが、もし裏に何か隠《かく》されているものがあったら明らかにさせたいというのは決して正義心ばかりからくるものではない。

文蔵に認められたいのだ。孝助が事件を解決すれば、文蔵の手柄《てがら》になる。そうなっていけば、必ず文蔵は孝助を信頼するだろう。だから、文蔵の懐《ふところ》に飛び込むことにした。文蔵の手下になり、手柄を立てて信用を得る。そうすれば、いつか真相を口にするかもしれない。

孝助は蔵前《くらまえ》の通りを浅草方面に歩き、花川戸《はなかわど》から浅草聖天町に戻ってきた。

途中、ふと思いついて待乳山聖天宮《まつちやましょうでんぐう》に寄った。

確かに、待乳山聖天は身体丈夫と夫婦和合、一家繁栄《はんえい》の功徳《くどく》があるが、その願掛《がんか》けをするのに、なぜ供が政次なのか。

夫婦家族のことに、なぜ、政次が入ってくるのか。

境内《けいだい》に人出は多い。ここから大川を一望出来る。月の名所であり、都鳥《みやこどり》を眺められ、文人墨客や風流人だけでなく多くのひとがやってくる。

孝助は見晴らしのいい場所に向かう。そこから、今戸《いまど》の町を見下ろし、かつて『なみ川《かわ》』だった料理屋の建物を見ることが出来る。

その場所に、見知った侍がいた。越野十郎太《こしのじゅうろうた》だった。

「十郎太さん」

孝助は近寄って声をかけた。

「おう、孝助か」

孝助は十郎太の脇《わき》に立ち、今戸のほうに目をやる。十郎太は今は『鶴《つる》の家《や》』となった建物を見ていたのだ。

十年前、『なみ川』で三人の客が死んだ。その真相を追っている人間が孝助ともうひとりいる。それが十郎太だった。

「どうしたんだ、こんな時間に珍しいではないか」

孝助がいつも朝ここにお参りをしていることを知っているので、十郎太は不思議に思ったようだ。

「『多幸庵』の騒ぎを知っていますかえ」

「ああ、食中《しょくあた》りがあったとか」

「いえ、そうじゃねえ。喘息の発作なんです。『白河屋』の主人左兵衛と塗物師の政次のふたりが聖天様のお参りの帰りに『多幸庵』に寄ったんです。それで、あのような騒ぎになって」

そのときの様子を話し、

「ところが、数日後、同じ発作が起きて、その旦那は自宅の寝間で亡くなりました」

「それはいたましいな」

十郎太は顔をしかめたあとで、

「どうやら、その死に不審を持っているようだな」

と、ずばりきいた。

「へえ、確かな根拠《こんきょ》があるわけじゃないんですがね」

孝助は疑問を口にした。

「ほう、かぶれか」

「ええ、漆かぶれのようなものです。でも、漆かぶれじゃねえ。いっしょにいた政次は漆を扱っている職人ですからね。左兵衛が漆でかぶれたら、政次だってわかるはずだ」

「そうだろうな。で、奉行所《ぶぎょうしょ》はどう見ているのだ?」

「喘息の発作ということでけりがついています」

「そのことと、この時間にここに来たことが関《かか》わりあるのか」

「左兵衛と政次は聖天様にお参りに来た帰りに『多幸庵』に寄っているのです。政次の話では夫婦和合の御利益がある聖天様の参拝に左兵衛から付き合って欲しいと頼まれたそうです」

「それがいけないのか」

「夫婦和合のお参りに、どうして他人を同行させるのか。そのことが不思議でした」

「なるほど。それも出入りの職人をな」

「ほんとうに、聖天様にお参りした帰りだったのか」

「もし、そうではなかったとしたら、何が考えられるのか」

「わかりません」

「わからない?」

「ええ。聖天様云々《うんぬん》が口実だとしたら、ふたりで別の場所に行ったことになります。そこを隠したかったのだとはわかりますが、果してそのような場所があるのか」

「吉原《よしわら》ではないのか。ふたりは吉原帰り」

「昼下がりです。中途半端《ちゅうとはんぱ》な時間ですから、吉原帰りとは思えません。昼見世《ひるみせ》に行くところだったとしても、蕎麦屋なら吉原の中にもありますから」

「聖天様でも吉原でもないか。いったい、どこの帰りだったのか」

十郎太も不思議そうな顔をしたが、

「しかし、その行き先が重大なのか」

と、そのほうが不思議だという顔できいた。

「わからねえ」

「困ったな」

十郎太は苦笑した。

「でも、何かあるような気がしているんです」

「勘か」

「そうだ」

「そなたは勘の鋭《するど》いところがある。わかった。俺《おれ》に出来ることがあったらなんでも言ってくれ」

「すみません」

「水臭い。お互い、同じ道を歩む同志ではないか」

『なみ川』で食中りが起きたとき、諸角家江戸家老《もろずみけえどがろう》の渡良瀬惣右衛門《わたらせそうえもん》も死んでいる。だが、食中りで死んだという不面目を慮《おもんぱか》って内密にした。それで惣右衛門が誰と何のために『なみ川』に行ったのかは知らされなかった。だが、そのひと月後、十郎太の父親は何者かに闇討《やみう》ちに遭い、落命した。十郎太の父親は殿のお供で江戸に赴《おもむ》いていた。

一年前、国表で父親と親しい方が亡くなったが、臨終の前に十郎太を枕元《まくらもと》に呼び、そなたの父上は『なみ川』の件で口封じをされたと語った。

それがきっかけで、十郎太は真相を突き止めるために江戸に出てきたのだ。

「十年前、『なみ川』で何が起こったのか。真相を摑《つか》むまで、どのくらいの時間がかかるかしれない。だが、それを明らかにしない限り、俺は国表に帰れない」

十郎太が『鶴の家』の建物を見下ろしながら言う。

「必ず、文蔵の懐に飛び込んで見せます。そのためにも、手柄はたくさん立てないと」

「俺は、何から調べていいか当てもないままこの地にやって来た。今、上屋敷《かみやしき》の人間に探りを入れているが、まだ何も摑めぬ。だが、そなたが頑張《がんば》っている姿に、俺は勇気をもらっている」

ふたりは目的に向かって突き進むことを改めて誓い合った。

二

昼時だ。おまちが暖簾を出してから半刻《はんとき》（一時間）近く経つ。その間、やって来た客は三人だけだった。

いつもなら、立て込んでいるはずだが、きょうはどうしたのだろうか。与吉は落ち着かなかった。

「おまえさん、変ね」

おまちも首を傾《かし》げた。

「こんな日もあるってことだ。夜は賑《にぎ》わうさ」

与吉は強《し》いて元気な声を出した。だが、内心は疑念と不安がないまぜになっていた。

何かあったのではないか。

その何かの中に、作次《さくじ》の件があった。

作次は『桔梗屋』の回し者だ。蕎麦をわざと残すいやがらせをしてきた。単なるいやがらせだけならいいが、あちこちで「あそこの蕎麦はまずくて食えたもんじゃねえ」と言い触《ふ》らしてはいまいか。そんな危惧《きぐ》の念を抱いていたのだ。

果して、夕方から夜になっても、客はぽつんぽつんと来ただけだった。

ひとりいた客は帰ったから、誰《だれ》もいなくなった。こんなことははじめてだ。確かに、数日前から客の入りが鈍《にぶ》いと思っていたが、これほどいっきに途絶《とだ》えるとは……。

戸口に、常連の大工の棟梁《とうりょう》が現われた。

「いらっしゃい」

与吉は迎えた。

棟梁は店内を見回し、

「やはり、客は入ってねえな」

と、渋い顔で言う。

「棟梁、やっぱりって」

与吉は胸が騒いだ。

「噂《うわさ》を聞いてないのか」

「噂？」

与吉の脳裏《のうり》を作次の顔が過《よぎ》った。だが、いくら作次がまずいと言おうが、ここで食ったことのある客はほとんど満足してくれているのだ。

「うちの蕎麦がまずいって、誰かが言い触らしているんですね」

「やっぱり、耳に届いていないんだな」

「………」

与吉は声が出なかった。

「棟梁、どんな噂なんですか」

おまちが声をかけた。

「元鳥越町《もととりごえちょう》にある『白河屋』の旦那がここで蕎麦を食べて食中りを起して、次の日の朝、自宅で苦しみながら死んだ……」

「なんですって。誰がそんな出鱈目《でたらめ》を」

与吉が声を荒らげた。

「俺が聞いたのは普請場《ふしんば》で、左官の男からだ。そいつは髪結《かみゆ》いで聞いたそうだ。また、別の人間は湯屋で聞いたそうだ」

「うそです。うそですよ」

おまちが悲鳴のように叫ぶ。

「だが、『白河屋』の旦那が恭順《きょうじゅん》先生のところに担ぎ込まれたのを見ていた者が何人かいた。それから、『白河屋』の旦那が亡くなったのもほんとうだ」

「確かに、『白河屋』の旦那はうちで急病になって恭順先生のところに担ぎ込まれました。でも、あれは旦那が持病の喘息の発作を……」

「待て」

棟梁が手を上げて制した。

「俺はわかっている。恭順先生に確かめたら、おまえさんの言うようなことを言っていた。だが、世間はおまえさんのところで起こった発作と自宅の寝間で発作を起して死んだことを結びつけてしまったんだ」

「誰かが、わざとそんな噂を流したんだ」

「わざとかどうかわからねえが、ともかく世間は、『多幸庵』の蕎麦は怖《こわ》くて食えねえと噂し合っているんだ」

「そんな……。もし、ほんとうにうちの蕎麦を食って死んだんなら、お役人が黙《だま》っちゃいねえはずだ。あっしのところは何のお咎《とが》めもねえ」

「そんなことはわかっている。落ち着いて考えれば、誰だってわかることだ。だが、こういう話ってのは面白おかしく伝わる。ほんとうかどうかを調べようなんて者はいねえ。『白河屋』の旦那が死んだっていう事実だけで、話は成り立ってしまうものだ」

「棟梁。どうしたらいいんだ？」

「どうしようもねえな。世間の噂も七十五日って言う」

「冗談《じょうだん》じゃねえ。そこまで待っていたら、俺たちは干上がってしまう。それに、噂がほんとうだったと認めることになっちまう」

「だが、噂を打ち消すのはたいへんだ。何度も言うが、『白河屋』の旦那が死んだっていうことが致命的《ちめいてき》だ」

「そんな……」

与吉は目が眩《くら》んだ。

もっとおいしい蕎麦を作ろうと、毎晩店を閉めたあと、生粉《きこ》打ちの工夫を重ねていたのだ。

なんとか手応《てごた》えを摑みかけたときに、こんなことになるなんて……。

「髪結い床で訴える」

与吉は思いついて言う。

「無理だ。髪結い床が何軒《けん》あると思うんだ。そんときにいる客はせいぜい数人だ。一日いて、来る客に説明するのか」

「髪結いにわかってもらって客に話してもらう」

「髪結いがそんなことをしてくれると思うか。それに、そんな真似《まね》をしたら、新たに噂の種になる」

「じゃあ、どうしたら」

「おまえさん。瓦版《かわらばん》に頼んだら」

おまちが思いつきを言う。

「瓦版がそんなことを取りあげるものか」

棟梁がまたも打ち消す。

「じゃあ、黙ってみていろっていうんですかえ」

「じっとしているしかあるまい。地道に商売を続けて行くんだ。ちゃんとわかっている客はやってくる。その客が口伝《くちづ》てしてくれる。腐《くさ》らないでやることだ」

棟梁はなぐさめてから引き上げた。

「おまえさん、どうしよう」

「あんな噂が立っちゃ、もうおしまいだ」

与吉は憤然《ふんぜん》とした。

「おしまいって、どうするのさ」

「ここで商売はもう続けられねえ。どっか違うところに行くしかねえ」

「ここから逃げたら、噂がほんとうだったと認めるようなもんじゃないか。そんなことしたら、どこに行っても噂はついてまわるよ」

「じゃあ、どうしたらいいんだ」

与吉はいらだった。

「棟梁が言うように、じっと堪《こら》えるしかないよ」

「客が来ないのに、店を開けておくのか。七十五日経ったら客が戻って来てくれるのか」

「お取り込み中かな」

浪人《ろうにん》が入って来た。細身の体に継《つ》ぎをあてたよれよれの単衣《ひとえ》の着流し。刀を落とし差しした二十六、七ぐらいの侍だ。だが、浪人にしては涼しげな目許に気品のようなものが漂《ただよ》っている。

「何か御用《ごよう》で」

与吉はとんちんかんなことをきいた。

「ここは蕎麦屋ではないのか」

「あっ、お客さまで。申し訳ありません。さあ、どうぞ」

おまちがあわてて小上がりの座敷を勧める。

「よし」

浪人は刀を腰から外して上がった。

「かもなんばんをいただこう」

「はい。ほれ、おまえさん」

おまちが急《せ》かした。


「きょうは十郎太さん、お見えじゃありませんね」

おたまが不思議そうに言う。

きょうも『樽屋《たるや》』は繁昌《はんじょう》している。ほとんどの席が埋まっているが、いつも十郎太が座る場所だけが空いていた。

「たまには他で過ごすこともあるさ」

孝助が答える。

それから半刻後に、十郎太がやって来た。おたまが注文をとりに行く。

「酒だけでいい」

「肴《さかな》はいらないんですか」

「他で食ってきた。孝助を呼んでくれ」

おたまが戻って来た。

「わかった。聞こえた」

孝助はおたまに言い、酒を持って十郎太のところに行った。

「どうぞ」

「すまねえ」

孝助は十郎太に酌《しゃく》をする。

「おい、『多幸庵』が困ったことになっている」

「困ったこと？」

「そうだ。書き入れ時なのに客がいなかった。変な噂が広まって、客が敬遠してしまったらしい」

「噂？」

「『白河屋』の旦那が『多幸庵』で蕎麦を食べて食中りを起して、次の日の朝、自宅で苦しみながら死んだという噂だ」

「ばかな」

「俺もそんな噂を聞いた。それで、食いに行ってみた。そしたら、客がいなくて、夫婦で言い合いをしていた。ここで商売はもう続けられねえ。どっか違うところに行くしかねえ、と亭主《ていしゅ》が言うと、ここから逃げたら、噂がほんとうだったと認めるようなもんじゃないかとかみさんが言い返していた」

「………」

「ひとの噂も七十五日。その間、辛抱《しんぼう》しようにも、そこまでもたずに干上がってしまうと嘆《なげ》いていた」

「誰かが噂を広めたのだ」

まさか、作次では……。

孝助は愕然《がくぜん》とした。作次に左兵衛が発作を起したことを教えたのは他ならぬ孝助だ。

作次が作り話を言い触らしたのか。

だが、作次が噂を広めたという証《あかし》はない。迂闊《うかつ》にひとを疑うことは控《ひか》えなければならない。

「ほんとうに客が来ないのですか」

孝助は確かめるようにきいた。

「ああ、俺の前に大工の頭《かしら》がいたが、客ではなかった。噂のことを知らせに行ったようだ。俺が客として入り、食べ終えて出て来るまで、客はひとりもいなかった」

「そんなに客がいないのですか」

「蕎麦を食ったら発作を起して死んでしまったと聞けば、怖くて行けまい」

「なんてことだ」

孝助は憤慨《ふんがい》した。噂を流した人間はもっとも許せないが、その噂を信用してしまう人間たちのあさはかさにも腹が立った。

孝助は襷《たすき》を外した。

「待て」

十郎太が呼び止めた。

「『多幸庵』に行くつもりか。だったら、よせ」

「なぜです？」

「行ってどうするんだ？　何かいい手立てがあるのか。なくて行って、話を聞いてやるだけか」

「…………」

「今、なぐさめなんか不要だ。どうしたらいいか、その手立てが欲しいのだ」

「そんなこと、わかっています。ともかく様子を見てきます」

孝助は店を飛びだした。

『多幸庵』の前に駆けつけたが、戸口の前で足がすくんだようになった。店が静かなのだ。そっと戸の隙間《すきま》から店を見た。店内はがらんとしていた。

与吉が頭を抱えて座っていて、おまちが惚《ほう》けたように立っている。

なぐさめなんか不要だ、という十郎太の声が蘇《よみがえ》る。ここで出て行っても、なんの役にも立たない。十郎太の言うとおりだ。

噂を流した人間を憎んだ。悪意があることは間違いない。『多幸庵』を貶《おとし》めようとしてわざと嘘《うそ》をばらまいている。

作次かどうかはわからないが、『桔梗屋』の息のかかった者の仕業《しわざ》の公算が大きい。

「くそっ」

己の無力を嘆いて、孝助は握った拳《こぶし》に力を込めた。

孝助は黙って引き上げる。

『樽屋』に近づくと、喧騒《けんそう》が外まで聞こえてきた。ひっそりとした店を見てきただけに、『樽屋』の賑やかさが目立った。

孝助は店に入る。日傭取《ひようと》りが縁台の上に立って唄《うた》いだした。それに合わせて他の者も唄いだす。卑猥《ひわい》な文句だ。

「早かったな」

十郎太が声をかけた。

「会うには辛《つら》すぎた」

「孝助」

唄声に負けないように、十郎太が少し大きな声を出す。

「噂を打ち消す手立てはないのか。奉行所でなんとかならないのか」

「奉行所は何も出来やしない。文蔵親分に頼んでみるが、やれることは限られている。きかれたら、きっぱり否定してくれるだろうが、髪結い床をまわって、文蔵親分のほうから噂は嘘だと言ってくれるはずはない」

「では、孝助。そなたがやればいい」

「俺がやっても効き目はない」

「他に手立ては？」

「今のところ思いつかない」

「だったら、このまま見捨てるしかない」

「そんなことは出来ねえ」

皆立ち上がって、唄いだしている。うるさい。そう思ったとき、孝助ははったと気づいた。

「どうした？」

「この連中だ」

「この連中？　あっ、そうか。なるほど。そいつはいい」

十郎太は察して頷《うなず》いた。

卑猥な唄が終った隙を狙《ねら》って、孝助は小上がりの座敷に立ち上がった。

「みな、聞いてくれ」

手を叩《たた》きながら、孝助は大声を出した。

「盛り上がっている最中に申し訳ないが、俺の話を聞いてくれ」

かまびすしかった店内が潮《しお》が引くようにだんだん静かになり、ざわめき程度になって、孝助は声を張り上げた。

「この並びにある『多幸庵』という蕎麦屋を知っているな」

「ああ、知っているぜ。食中りで、死人を出したそうだな。食ったら死ぬって話だ」

誰かが叫んだ。

「違う。食中りなんか出してない。『白河屋』の旦那は喘息持ちだ。その旦那が『多幸庵』にやってきたとき発作を起したんだ。すぐ恭順先生の治療で治った。それから何日かして、『白河屋』の旦那は自宅でまた発作を起して死んだ。『多幸庵』とは関係ないんだ」

「だがよ、俺が髪結い床で聞いた話では、『多幸庵』の蕎麦を食ったあと、家に帰って死んだってことだ」

職人体《てい》の男が言う。そうだ、俺もそうきいたと、別のところからも声がかかった。

「違う。誰かが『多幸庵』を貶めようと出鱈目な噂を言い触らしているんだ。もし、ほんとうに食中りなら、奉行所が黙ってねえ。『多幸庵』は商売を差し止めになっているはずだ。そうはなってねえ」

「誰がそんな噂を？」

「わからねえ。だが、そのおかげで『多幸庵』は閑古鳥《かんこどり》が鳴いている。こんなことが続いていいのか。浅草ッ子はそんな出鱈目な噂を信じて、蕎麦屋を窮地《きゅうち》に陥《おとし》れて何とも思わないのか。噂を流した奴《やつ》は陰で舌を出しているぜ。浅草ッ子を騙《だま》すなんてちょろいもんだとな」

「それがほんとうなら、とんでもねえことだ」

日傭取りが顔を真っ赤にした。

「孝助さん。どしたらいいんだ？」

「まず、なるたけ『多幸庵』で蕎麦を食ってやる。それから、髪結い床や湯屋に行ったら、出鱈目な噂を流して『多幸庵』を潰《つぶ》そうとしている奴がいることを話すんだ。

ようするに、噂は出鱈目だと広めてもらいたい」

「よし、わかった」

駕籠《かご》かきが立ち上がった。

「これから蕎麦を食いに行こうじゃねえか。おい、誰かつきあえ」

「俺も行くぜ」

「俺もだ」

五人が立ち上がった。

「すまねえ」

孝助は礼を言う。

「なあに、そんな卑劣《ひれつ》な奴に踊《おど》らされたとあっちゃ、浅草ッ子の顔が立たねえ。ここは『多幸庵』を守ることで、卑劣な奴の目論見《もくろみ》を潰してやる」

五人は息巻いて出て行った。

おたまが近づいてきて、

「きょうは大根飯が五人ぶん、あまりますね」

と、ぽつりと言った。

「そこまで考えなかった」

孝助は苦笑した。

「おまち。暖簾を片づけよう。もう、客は来ない」

与吉は力なく言う。

「そうだね」

おまちも泣きそうな声で戸口に向かった。

こつこつとやってきて、このざまだ。まっとうに働くより、狡賢《ずるがしこ》く立ち振る舞《ふま》うほうがいい目をみるようにできているんだ。正直者がばかをみる。こんな世の中じゃ、俺のような人間は潰されるだけだ。

与吉は板場で、大量に余った蕎麦麺《めん》を見るうちに、蕎麦麺をめちゃくちゃに切り裂《さ》きたい衝動《しょうどう》に襲《おそ》われた。それをすれば何もかも終わってしまう。そう思ったが、与吉は抑《おさ》え切れなかった。

与吉が庖丁《ほうちょう》を振り下ろそうとしたとき、

「おまえさん」

と、おまちの叫ぶような声が聞こえた。

「お客さんだよ」

孝助は店を見て目を疑った。駕籠かきや日傭取りらしき男、それに半纏《はんてん》姿の職人、商人らしき男たちが縁台や小上がりの座敷に上がっていた。

「俺はかもなんばんだ」

「あっしも同じものを」

「俺もだ。蕎麦が出来上がる前に酒をもらおう」

いったいどうしたんだ。なんでこんなに客が……。与吉は目を疑っていた。

「おまえさん」

おまちの声にはっとした。

「かもなんばん五人前だよ」

「よし」

一世一代の蕎麦を出す。与吉は張り切って蕎麦に打ち粉をかけながら切り、そして茹《ゆ》で、最後に水で冷やす。

丼《どんぶり》に蕎麦切りを入れ、かけ汁《つゆ》で煮た鴨肉《かもにく》と長ネギを入れ、かけ汁を注ぐ。孝助は自分もいっしょになって客の前に運んだ。

「お待たせいたしました」

「おお、うまそうだ」

客は口々に言い、食べはじめるや、うまいぜ、と唸《うな》った。

「ありがとうございます」

与吉は深々と頭を下げた。

「なんだか妙な噂が広まっているようだな」

商人らしい客がふうふう言って蕎麦を食いながら、

「そんなもん気にしなくていいぜ。浅草ッ子はそんな出鱈目な噂に惑わされるほどばかじゃねえから。たとえ、噂に惑わされたばかがいても、すぐ気がつく。うむ。ほんとうにうめえぜ」

「お客さん」

与吉はついに嗚咽《おえつ》を堪えきれなくなりながらも、

「ありがてえ。そのお言葉に救われました」

と頭を下げたままで声をしぼり出した。

三

孝助は北馬道町《きたうまみちまち》にある長屋に作次を訪ねた。

作次はまた何か書き物をしていた。幸助が入って行くと、急いで書き物を隠した。

『桔梗屋』への手紙か。

「なんだね」

「作次さん。ちょっとお伺いしたいことがあるんですがね」

作次は上がり框《がまち》まで出てきた。

「『多幸庵』に妙な噂が流れているのを知っていますかえ」

「知らねえ」

「そうですかえ。『白河屋』の旦那が『多幸庵』の蕎麦を食ったあと、自宅に帰って急に苦しみだして死んだ。『多幸庵』の蕎麦で食中りをしたっていう内容です」

「………」

「そのために、いっときは客足が途絶えましたが、いい加減な噂だとわかったのか、だんだん客が戻ってきました」

まだ、『樽屋』の客が主だが、噂が嘘だったことは少しずつ明らかになっている。

「そいつは結構なことだ」

「さて、作次さん。どんな奴が噂をばらまいたか想像がつきますかえ」

「俺がつくわけねえ」

「作次さんは上野黒門町《うえのくろもんちょう》にある『森田屋《もりたや》』さんの世話で、こちらに住むようになった
そうですね」

「それがどうしたえ」

「どうして、ここに住むようになったんでしょう?」

「そんなこと、見ず知らずのおまえさんに話すことではない」

「ごもっともで」

孝助は素直に言い、引き上げようとした。

「待て」

作次が引き止めた。

「なんでしょう」

「『白河屋』で何か揉《も》め事《ごと》はなかったのか」

「揉め事?」

「どういうことなんですね」

「内儀さんはずいぶん若いじゃねえか」

「ええ。後添《のちぞ》いです。先妻は七年前に病気で亡くなっています」

「子どもは？」

「先妻との間に左吉という二十二歳になる息子がいるそうです」

「左兵衛さんの実の子か」

「そうです」

「じゃあ、その息子が跡を継ぐのか」

「そうです」

「そうか。じゃあ、何も問題はねえか」

「問題？」

「いや、いいんだ」

「左吉は左兵衛さんが後添いをもらうことになってからぐれだして勘当の身でした。今度、左兵衛さんが亡くなって呼び戻したそうですが」

「勘当の身だった？」

作次の目が鈍《にぶ》く光った。

「おまえさんは、『多幸庵』で左兵衛さんが発作を起したとき、そばにいたのか」

「いました」

「何か変わったことはなかったか」

「変わったこと？　胸をかきむしるように苦しんでいました」

「他には？」

「他ですかえ」

「たとえば、体のどこかがかぶれていたとか」

「えっ、どうしてそのことを？」

「そうか、かぶれていたのか。医者の恭順にききにいったが何も教えてくれなかった」

「どうして、かぶれていると思ったんですか」

「それより、左兵衛さんが死んだときはどうだ？　かぶれは？」

「二の腕のあたりがかぶれてました」

「かぶれていたんだな」

　作次は考え込んだ。

「作次さん。どうして、かぶれのことを気にするんですかえ」

「ただ、きいてみただけだ。左兵衛さんが死んだのは明け方だそうだな」

「そうです」

「蕎麦なんか食うはずないな」

「蕎麦？　ええ、食っちゃいません」

「『多幸庵』では左兵衛さんといっしょに誰かいたのか」

「出入りの政次という塗物師がいっしょでした」

「塗物師？　漆塗りの職人か」

「そうです」

孝助は答えてから、

「なぜ、そんなことを？」

と、きいた。

「別に……」

作次はぶすっとして立ち上がった。

もう何をきいても答えてくれない。自分ひとりの考えに没頭しているようだった。

孝助は土間を出た。

作次はかぶれのことを気にしていた。作次は何か知っているのか。いったい、作次は何者なのか。

それより、作次も気にしていたが、『白河屋』のことだ。勘当されていた左吉は戻っているのだろうか。

孝助は蔵前通りを急ぎ、元鳥越町にやって来た。

『白河屋』の店先にいた手代に声をかけた。

「すまねえ。あっしは文蔵親分の手の者だが、ちょっと教えてもらいてえ」

「はい」

若い手代は文蔵の名を聞いて緊張したようだ。

「左吉さんは帰って来たのかね」

「若旦那はお帰りになりました」

「帰ったのか。で、今はお店に？」

「いえ、まだ、店には出てきていません」

「まだ出てこない？」

「はい。内儀さんが仰《おつしや》るには、まず商人としての教えをしてからで、もうしばらく時間がかかるそうです」

「いつもどこに？」

「奥座敷にいらっしゃいます。でも、ときたま、夜、薬研堀《やげんぼり》の料理屋に出かけているようです」

手代は声をひそめて言った。

「どんな男だ？」

「ふっくらとしていた五年前とだいぶ変わりました。今はずいぶん痩《や》せて、頰骨《ほおぼね》が突き出ているのでちょっと怖《こわ》い感じです」

この手代は左吉に好意を抱いていないようだ。

「すまなかった」

孝助は元鳥越町から茅町一丁目に向かった。塗物師の政次のところだ。

政次の家に行くと、ちょうど職人たちは中休みをとっているところだった。政次は仕事場の隅《すみ》で、煙草《たばこ》を吸っていた。

孝助の顔を見て、政次は渋い顔で雁首《がんくび》を灰吹《はいふき》に叩いて立ち上がった。

「また、何か御用ですかえ」

「すみません。ちょっと教えていただきたいことがありまして」

「なんですね」

面倒くさそうに、政次はきく。

「『白河屋』の左吉さんは帰って来たそうですね」

「ええ、あっしが連れて帰りました」

「左吉さんはどんな暮しをしてきたんでしょうか」

「まっとうに働いていたようです」

「何をしていたんですかえ」

「そんなこと、おまえさんには関《かか》わりねえことだ」

「でも、文蔵親分に言わなきゃならないもんで。なにしろ、親分の言いつけには逆らえないんです」

文蔵を出しに使う。効き目は十分だ。

「棒手振《ぼてふ》りをしていたそうだ」

政次はすぐ答える。

「棒手振り？」

「そうだ。野菜を売り歩いていた」

「住まいは深川のどこですかえ」

「なぜ、そんなことをきくんだ？」

「悪い虫がついていなかったんですかえ」

「そうです。悪い女、あるいは悪い仲間でも。もしかしたら、そんな連中に『白河屋』が食い物にされちまうんじゃないかって、うちの親分が気にしていましてね」

孝助はまたも文蔵の名を出した。

「左吉さんはそんなふしだらな男じゃありませんぜ」

「なら、なぜ、もっと早く、勘当を解いてやらなかったんでしょう」

「そんなこと、俺にはわからねえ。だが、左吉さんはまっとうな男だ」

「そうですか。それなら安心です。一度、左吉さんに引き合わせていただけませんか」

「なぜ、そんなことを?」

「親分が今後何かあるといけないから会っておきたいって言うんです」

「そこまでする必要はねえんじゃないですかえ」

「ここだけの話ですが」

孝助はわざと声を落し、

「左兵衛さんの死について、もう少し調べたいんですよ」

「悪い虫?」

「どういうことだ?」

政次の顔が強張《こわば》ったような気がした。

「いや、まだ、どうがどうとは言えないんですが、左兵衛さんの死に納得出来ない上に、左吉さんの五年間の暮しがはっきりしない。そこが気になるんです。たとえば」

孝助はさらに声をひそめ、

「左吉さんにしてみれば、左兵衛さんが死ねば『白河屋』に戻れる。いや、『白河屋』の財産を受け継ぐことが出来る。そう考えたとしても、不思議はない」

「冗談でしょう。左兵衛さんはいつまでも左吉さんを勘当しておくつもりはなかったんですぜ」

「でも、勘当したままの男に店を継がせられないと思っていたらどうですね。それを知った左吉さんが父親を……」

「ばかばかしい」

政次は嘲笑《ちょうしょう》して、

「実の父親を殺そうとする息子がいますかえ。それより、旦那は喘息の発作で死んだんですぜ。病死だ」

「いや、そこに何かあるかもしれません」

「何があるっていうんだ？」

「喘息の発作を引き起こす何かですよ」

「まさか」

「気になるのが、唇の腫れと肌のかぶれです。まあ、いいでしょう。そいつはこれから調べることですから」

孝助は言ってから、

「そうそう、もう一度確かめておきたいんですが、あなたは左兵衛さんと聖天様のお参りの帰りに『多幸庵』に寄ったんですね」

「そう言ったはずだ」

「夫婦和合のお参りに、どうして左兵衛さんはあなたを供にしたのでしょうか」

「あっしは旦那に気に入られていたんだ。左吉さんも俺を兄貴のように慕っていた。何も不思議なことはねえ」

「以前にも、お供を？」

「いや、はじめてだ」

「はじめて……」

「おいおい。左吉さんにしろ内儀さんにしろ、左兵衛さんを失って気落ちしているんだ。そんなときに、言いがかりのような疑いを向けるのはあんまりじゃねえかえ」

「すっきりしたら、やめます。それに、本気で疑っているわけじゃありません。念のためですよ。やましいところがなければ、平然としていればいいことですから」

「………」

「左吉さんが住んでいた長屋を教えてもらえますか」

「知らねえ」

「でも、あなたが左吉さんを連れ戻しに行ったのではないですか」

「ほんとうは違うんだ」

「違う？」

「内儀さんにはそう言ったが、左兵衛さんが亡くなったことを知って、左吉さんのほうから俺のところにやって来たんだ」

「どうして、そう言わなかったんですか」

「内儀さんが俺が連れ戻しに言ったと思い込んでいたので、今さら違うとも言えなかったんだ」

政次は口許に嘲笑を浮かべた。

「では、左吉さんが棒手振りで暮しを立てていたというのは、左吉さんがそう言っていただけなんですね」

「そうだ。だが、左吉さんが嘘を言うはずはない」

「どうして、そう思われるのですか」

「あの男のことはよく知っているからだ」

「でも、この五年間、会っていなかったんじゃありませんか。十七歳から二十二歳までの多感な時期を知らないんじゃありませんか。もし、左吉さんが悪意をもってあなたに近づいたとしたら、自分を装うことは十分に考えられます」

「そんなはずはない」

「政次さん。いいですかえ。あっしは左吉さんを疑っているわけではありません。ただ、不審な点をはっきりさせておきたいだけです。それは、『白河屋』さんのためになることだと思いますがねえ」

孝助はぐっと顔を近づけ、

「左吉さんがこの五年、どんな暮しをしてきたか、調べるのは決して悪いことだと思いませんぜ。それとも、調べちゃまずいことでもあるんですかえ」

「そんなものがあるはずない」

「だったら、一度、左吉さんと会わしてくださいませんか。政次さんが言えば、素直に聞き入れてくれるんじゃありませんかえ」

「わかった。会えるようにしよう。明日、いや、明後日。来てくれ。それまでに段取りをつけておく」

「お願いします」

憤然《ふんぜん》としている政次に挨拶《あいさつ》をし、孝助は土間を出た。


その夜、文蔵の家に行った。

今夜は亮吉《りょうきち》と源太《げんた》は来ていなかった。

「親分。やはり、左兵衛の死は納得いきません」

「何かわかったのか」

「じつは、左兵衛の死の件で、『多幸庵』を貶めるような噂が立ちました。例の作次って男が言い触らしているんじゃないかと、探りを入れに行ったんです。そしたら、作次は左兵衛の発作時の症状をいろいろきいてきたんです」

「それで」

文蔵は酒を注《つ》いだ湯呑《ゆの》みを口から離して先を促す。

「へえ。そのとき、作次は何か変わったことがなかったか、肌にかぶれがなかったかときいてきました」

「どういうことだ？」

「作次はあのような発作の症状を知っていたんじゃないかと。たぶん、左兵衛の発作と同じ症状をかつて見たことがあったんじゃないかと思ったんです」

文蔵の目が鈍く光った。

「それに、こんなことを言ってました。左兵衛さんが死んだのは明け方だそうだな。蕎麦なんか食うはずないなと。それから、『多幸庵』で発作が起きたとき、塗物師といっしょだったってことに興味を示していたようです。親分」

孝助は身を乗り出し、

「作次はただ者じゃないような気がします。作次が何者か調べるために、一度『森田屋』にごいっしょいただけませんか。親分の威光がなければ、あっしなんか相手にされません」

文蔵の自尊心をくすぐるように言う。

「最初だけ顔を出していただければ、あとはあっしひとりで調べます。あっしが文蔵親分の手下だとわかりさえすれば、いいんです」

「よし、いいだろう」

「ありがとうございます」

　孝助は頭を下げてから、

「『白河屋』のほうですが、倅《せがれ》の左吉が戻っているようです。ただ、ちょっと妙なことが。というのは、左兵衛が亡くなったあと、内儀は政次に左吉を迎えに行かせていると言ってました。それで、政次に左吉がどこに住んでいたのかをきくと、じつは左吉のほうから自分にところにやってきたと言い出したんです」

　孝助はそのときのやりとりを再現して話した。

「左吉が父親を殺し、店に帰ろうとしたとも考えられると言うと、左吉はそんな男ではないと強調しましたが、政次は五年間、左吉に会っていないはずなんです」

「なるほど。やはり、調べてみる必要はありそうだな」

「へい。ですから、一度左吉に引き合わせるように政次に頼んでおきました」

「よし。そんときは俺も会おう」

「お願いします」

「孝助さん」

　峰吉《みねきち》が声をかけた。

「俺に出来ることがあったら言ってくれ」

「ありがとうよ。そのときは頼む。じゃあ、親分。あっしはこれで」

「うむ。ご苦労。あっ、孝助」

文蔵が呼び止め、孝助は浮かせかけた腰を下ろした。

「亮吉のことだが、気にするな。奴は、おめえに嫉妬《しっと》しているんだ」

「へい。気にしちゃいません」

「ならいい」

「では」

改めて、孝助は立ち上がった。

東仲町から浅草聖天町に戻った。『多幸庵』の前を通りかかり、店を覗《のぞ》くと、客はそこそこ入っていた。

ほっと胸をなでおろして、孝助は『樽屋』に戻った。

四

いつものように昼下がりに、『多幸庵』に作次がやって来た。与吉は思わず、身を固くした。

作次はよたよたした動きで縁台に腰を下ろす。あの動きも芝居かもしれない。ほんとうは機敏に動けるのに、わざとあんな歩き方をしている。そんな気がしないでもない。

おまちが注文をとりに行く。

「蒸籠《せいろ》をもらおう」

「はい」

おまちが板場に戻ってきて、

「いつもの」

と、複雑な顔で言う。

あの男が噂をばらまいた張本人だ。いや、誰かにやらせたのかもしれないが、噂の出所は作次だという疑いは強い。

ただ、証がないので迂闊《うかつ》なことは言えない。

蒸籠はもり蕎麦のことだ。蕎麦を盛る器を蒸籠といい、元禄《げんろく》の頃《ころ》、蕎麦切りを湯通ししないで蒸籠で蒸して出した。今は茹《ゆ》でて出すが、その頃の名残《なごり》で蒸籠に盛りつけて出す。

「よし、いいぜ」

蕎麦汁を添えて、おまちに蒸籠を運ばせた。

「どうぞ」

目の前に置く。

また、作次はすぐに食べようとせず、蕎麦を眺めている。

いい加減にしてくれと叫びたいのを、与吉はじっと我慢《がまん》した。おめえの魂胆《こんたん》なんか見え透いている。俺の蕎麦に難癖をつけて、この店を潰《つぶ》そうとしているのだ。食中りを出してひとを死なせた蕎麦屋だという噂を流して、客を遠ざけさせた。もう少しで、その罠《わな》にはまるところだった。

噂の攻撃が失敗したとみるや、またも作次が現われた。残すなら残しやがれ。もう、そんなことでびくつくもんじゃねえ、と与吉は下腹に力を込めた。

やっと、作次が箸《はし》で蕎麦をつまんだ。汁につけて、すする。与吉もおまちも固唾《かたず》を呑んで見守る。

途中で、はっと気づいて、与吉は目を逸《そ》らした。もう気にしないと決めたのだ。無視するのだ。

やがて、作次が立ち上がった。

「ここにおく」

十六文を置いて、作次は再びよたよたしながら帰って行った。

蕎麦は残っている。いまいましい。

「おまえさん」

おまちが蕎麦の残った蒸籠を持ってきた。

「なんでえ、早く始末しねえか」

「ちょっと見ておくれ」

おまちが言う。

「なんでえ」

舌打ちしたい思いで、おまちが差し出した蒸籠を見る。

「これがどうしたんだ？」

残された蕎麦を見るのは胸糞《むなくそ》悪い。

「おまえさん、よく見てごらんよ」

「しつこいぜ。見たくない」

「ほれ」

おまちが与吉の目の前におしつけるようにした。いやでも、蒸籠が目に入った。

おやっと思った。いつもと違う。

「ね、違うだろう」

「ああ、そうだな」

いつもは半分は残してあるのに、きょうの残りはわずかだ。半分以上は食べている。

「たまたまだ。きょうは腹が減っていたんだ」

「でも、いままでは決まって半分しか食べてなかったんだよ。それがきょうはこんなに食べているじゃないか」

「だから、腹を空かしていたんだ」

「だって、おまえさん。工夫しているじゃないか」

作次から工夫がないと言われ、生粉蕎麦を打ちはじめた。蕎麦粉八、つなぎの小麦粉二の割合をすべて蕎麦粉だけにして打ちはじめた。最初は切れたり、裂《さ》け目《め》が出来たりして麺状にならなかった。そこで玉子を入れたりした。

まだ、完全とはいえないが、今は生粉蕎麦を出している。

「そうだろうか」

半信半疑で、与吉は呟《つぶや》く。

以前より食うに値する蕎麦になったということか。いや、たまたま空腹だったのだ。

そのふたつの思いが交錯《こうさく》した。

だが、工夫をした蕎麦であることは間違いなかった。よし、こうなったら、あの男に全部食べてもらえるような蕎麦を打ってやろうと闘志が湧《わ》いた。

「あのひと、何者なのかしら」

おまちが呟く。

そうだ。作次は何者なのだ。与吉は改めて、作次の素性に思いを馳《は》せた。

上野新黒門町の古着屋の『森田屋』に、孝助は文蔵とともに訪れた。

「旦那に会いたいんだが、いるかえ」

文蔵は店先にいた番頭ふうの男に声をかけた。

「親分さん。どのような御用で？」

番頭は警戒《けいかい》したようにきく。

「こちらに奉公していた下男のことできききたいんだ」

「下男ですか。少々、お待ちください」

番頭は奥に引っ込んだ。

しばらくして、番頭が戻ってきて、

「どうぞ、こちらに」

と、ふたりを店の端《はし》っこに案内した。そこに、恰幅《かっぷく》のいい男が待っていた。

「森田屋さんかえ」

文蔵が確かめる。

「はい。さようで」

「こちらに、作次という下男が働いていたようだが」

「はい。おりました。作次が何か」

怪訝《けげん》そうな顔できく。

「北馬道の長屋に住んでいるが、請人が森田屋さんだそうだが、間違いないかえ」

「はい。間違いありません」

「下男だった男にずいぶん親切だが、何かわけでもあるのか」

「十年、よく働いてくれたお礼です。体を壊《こわ》して働けなくなりましたが、余生を気ままに過ごさせてやろうと思いましてね。本人が浅草寺《せんそうじ》の近くに住みたいというので、住まいを見つけてやりました」

「なんで、浅草寺の近くなんでしょう?」

孝助が口をはさんだ。

「作次は信州《しんしゅう》の出です。善光寺《ぜんこうじ》さんが遊び場所だったといいますから、浅草寺に故郷を見ているのかもしれません」

「作次は蕎麦が好きなのか」

「さあ、わかりません。でも、信州の出ですから、蕎麦は馴染《なじ》んでいるでしょうね。親分さん、いったい、作次に何があったんでしょうか」

文蔵が孝助に目をくれた。

孝助は目顔で頷き、

「森田屋さんは、蕎麦屋の『桔梗屋』をご存じですね」

と、切り出した。

「知っています」

「よく、行かれますか」

「そうですね。行くほうでしょうね」

「当然、『桔梗屋』の主人とも顔見知り……。いや、親しい間柄《あいだがら》ではありませんか」

「まあ、行けば、桔梗屋さんが挨拶にきますが」

「『桔梗屋』に、与吉という蕎麦職人がいたのをご存じですかえ」

「さあ。あそこは十人近い職人と同じくらいの見習いがおりました。職人の顔はわかりません」

「二年前、『桔梗屋』をやめた職人です。主人と蕎麦作りのことで意見が合わずにやめたそうです。そのような話は聞いていませんか」

「いえ。知りません」

森田屋は首を横に振った。

「作次さんは『桔梗屋』に行ったりしていたんでしょうか」

「いや、行ったことはないはずです。蕎麦は好きなようでしたが、いつも屋台の蕎麦でした」

「夜《よ》鷹《たか》蕎麦か」

文蔵が呟く。

「はい」

「森田屋さんは、『桔梗屋』の主人から何か頼まれたことはありませんかえ」

孝助は問いかけを続ける。

「私は桔梗屋さんとはお店に行けば挨拶しますが、そこまで親しいわけではありません」

森田屋は表情を引き締め、

「いったい、どういうことか教えてくださいませんか」

「『桔梗屋』の元職人の与吉が浅草聖天町で蕎麦屋を開きました。そこに、作次が客で訪れているんです」

「………」

「偶然でしょうか」

「偶然でしょう。作次が『桔梗屋』の職人を知っているわけはありませんからね。でも、作次がその蕎麦屋に行くことが何か問題でも?」

「一度、妙な噂が立ちましてね」

「妙な噂?」

「その蕎麦屋を貶めるような噂です」

「まさか、作次を疑っているわけではないでしょうね」

店では新たな客がやってきて奉公人が忙しそうに立ち働いている。森田屋もそっちを気にしだした。

「もし、『桔梗屋』さんがやめた職人の蕎麦屋にいやがらせをしているとお考えでしたら、とんでもない間違いですよ。あのような大きなところがどうしてはじめたばかりの店にいやがらせをするのですか。有名な店で、いずれ『桔梗屋』を脅かすような蕎麦屋になるならともかく、天下の『桔梗屋』がそんな職人を潰しにかかると思いますか。『桔梗屋』をやめて独り立ちした蕎麦屋は何軒もあります。すみません。店が立て込んできました。そろそろ、よろしいでしょうか」

森田屋は客のほうに目をやった。

「最後に、作次と親しい人間はおりましたか」

「さあ。わかりません。もう、いいでしょうか」

「あっ、もうひとつだけ。作次から、蕎麦を食べて発作を起したひとを見たという話を聞いたことはありませんか」

「いや、ありません」

森田屋は腰を浮かせかけた。

「申し訳ありませんでした」

孝助は謝った。

「いえ。では」

森田屋が立ち上がってから、孝助と文蔵は店を出た。

「森田屋の言うことにも一理あるな」

いきなり、文蔵が言い出す。

「『多幸庵』の名はそれほど広まっているわけではない。『桔梗屋』が恐れをなすほどの存在ではない」

「確かにその通りで」

孝助は反論出来なかった。

やはり、作次が『多幸庵』に現われたのは偶然だったのか。作次は信州の出だというから、小さい頃から蕎麦を食べてきたのだろう。

だが、下男という身分では夜鷹蕎麦を食べるしか出来なかったのではないか。夜鷹蕎麦は二八蕎麦とも言う。

つなぎの小麦粉二に対して蕎麦粉を八、という割合で混ぜるところからとも、二掛ける八で十六文だからとも言われているが、一杯十六文の蕎麦が庶民的な値段であり、そういう蕎麦を食っていた作次の舌が格別優れているとは思えない。

夜鷹蕎麦を食っていた人間がなぜ、『多幸庵』で蕎麦を残すのか、やはり理由がわからない。

「いやがらせをするとなると、『桔梗屋』より、近所の蕎麦屋かもしれんな」

「近所ですか」

「そうだ。あの周辺の蕎麦屋が『多幸庵』を潰そうとしたのかもしれない。どうやら、作次は関わりねえかもしれぬな」

「ええ」

上野山下から下谷《したや》広徳寺《こうとくじ》の前を通り、浅草に向かう。

「いやがらせの件とは別に、作次は左兵衛の発作の原因に何か思い当たる節があるように思えてならないんですが」

菊屋橋《きくやばし》に差しかかったとき、孝助はあっと声をあげた。

「親分、作次です」

「なに」

新堀川《しんぼりがわ》沿いをゆっくり歩いて来たのは作次だった。

「噂をすれば、なんとやらか。奴、どこに行ってきたんだ」

作次はこっちに気づかず、田原町《たわらまち》のほうに曲がった。北馬道の長屋に帰るのだろう。

「親分。まさか、元鳥越町では？」

「『白河屋』だと？」

「へえ。作次は左兵衛の発作に何か心当たりがあるようでした。何か調べに行ったのかもしれません。『白河屋』に行き、きいてみます」

「わかった。俺はこれから丹羽《にわ》の旦那と落ち合わねばならねえ」

「へえ。じゃあ、ここで」

孝助は作次がやってきた道を逆に辿《たど》った。

元鳥越町に入り、『白河屋』に向かった。

店先から、小間物の行商人らしき男が荷を背負って出てきた。簪《かんざし》、笄《こうがい》、櫛《くし》などの小間物を仕入れたのだろう。

店先に、番頭の沢太郎《さわたろう》がいたので、声をかけた。

「ちょっといいですかえ」

「おまえさんは文蔵親分の？」

「へえ。その節はどうも。ちょっとお伺いしたいんですが、ここに作次って年寄りがやって来ませんでしたかえ」

「いえ、そんなひとは来ません」

「よたよたと歩く男です」

「いえ」

「内儀さんに会いに来たとか」

「いえ」

「そうですか。あっ、左吉さんは帰っていらっしゃるんですね」

「ええ、帰っています」

「わかりました」

孝助は引き上げる。

てっきり、作次は左兵衛のことで何かをききに来たのかと思ったが、違ったようだ。当てが外れて来た道を戻りかけたとき、左兵衛のことを確かめるなら、もうひとり格好の人物がいることを思いだした。

左兵衛の主治医だった今川桂伯《いまがわけいはく》だ。

孝助は桂伯の医院に向かった。黒板塀《くろいたべい》に囲まれた大きな屋敷《やしき》の門を入って行く。

患者はたくさんいたが、ほとんどは弟子が診断していて、桂伯は医学書を読んでいた。

孝助は客間に通されて、桂伯と差し向かいになった。

「すみません、お忙しいところを」

孝助は詫びてから、

「こちらに、作次って年寄りがやってきませんでしたか」

「来ました」

桂伯はあっさり答える。

「左兵衛さんのことでですね」

「そうだ」

「何をきいていたんですか」

「死んだときの様子だ。昏はどうだったか、何か吐いていたか、肌がかぶれていなかったか」

「なぜ、作次はそのような問いかけをしたのでしょうか」

「以前に同じような症状を見たことがあると言っていた」

やはり、そうだったのだ。

「同じ症状だったのですね」

「そうらしい。その人間も、蕎麦を食べたあとに発作が起きたらしい」

「蕎麦を食べたあと？」

「そうだ。だが、左兵衛さんは明け方であり、蕎麦など食べていない。前夜も、蕎麦は食べていないことがはっきりしていた。そう告げた。あのひとは、そのことをしきりに考えていた」

「蕎麦を食べないのに、同じ症状が起きたということに納得出来なかったのですね」

「そのようだ」

「先生はどう思いますか」

「わからない。見たことがない。ただ、喘息で、あんなにひどい発作が起きるなんて考えられない」

「内儀さんは発作が起きたことに気づかず、長い時間放置してしまったようです。そのことで取り返しのつかないことになってしまったのでしょうか」

「確かに、すぐ手当てをすれば助かったかもしれない。だが、死は急激にやって来たようだ。そばにいたとしても助かったかどうかわからぬ」

桂伯は難しい顔で言う。

「他に何かきいていましたか」

「あのような症状を引き起すことが出来るかと……」

「わざと引き起すということですか」

「そうだ」

「どうなんでしょうか」

「毒薬を使えば、似ているような症状を起させることが出来るかもしれない。だが、毒薬ではない」

「他になにか」

「わからない」

「喘息の発作という見立てに変わりはないのですね」

「今はそうとしか言えない」

「作次は他になにか」

「これと似たような症状の例があったかどうか、医者仲間にもきいてくれないかと言っていた」

「そうですか」

なぜ、作次はそこまで気にするのだろうか。

「先生は医者仲間におききするつもりですか」

「わしとしても気になる症状であるからな。すでに何人かにきいたが、誰も知らなかった。極《きわ》めて異例のことだ」

桂伯は難しい顔で言った。

「長々とありがとうございました」

礼を言い、孝助は立ち上がった。

孝助は元鳥越町から浅草聖天町に帰ってきた。

夕暮れていた。小腹も空いたので、孝助は『多幸庵』に寄った。すでに、この時間で客は三人ほどいた。

「いらっしゃい」

与吉が出てきた。

「忙しそうですね」

「おかげさまで」

与吉が笑った。

「蒸籠を」

「かしこまりました」

他の三人はうまそうに蕎麦を食べている。

今川桂伯の話を思い返してみたが、作次が左兵衛の死に不審を持っていることはわかるものの、その根拠が何なのかわからない。

「おまちどおさま」

おまちが蒸籠を運んできた。

「ありがとう」

さっそく、孝助は蕎麦を箸でつまんで汁につけてすする。香りがいい。喉越《のどご》しがよく、呑み込んだあとになんとも言えない味わいが漂う。続けて、蕎麦をつまんですする。心地好《よ》い歯ごたえとともに、すっと喉の奥に落ちて行く。

あっという間に食い終えた。

おまちが湯桶《ゆとう》を持ってきた。孝助は蕎麦湯を蕎麦汁に注ぎながら、

「きょうの蕎麦、うまかった。今までもうまかったが、それ以上だ」

「ありがとうございます」

おまちはうれしそうに、

「うちのひとがいろいろ工夫しているんです」

「そうか。いや、うまかった」

「じつは昼間、作次ってひとが来たんです」

「作次が？」

「はい。それが」

と、おまちは目を輝かせて、

「いつも半分しか食べないのに、きょうは半分以上も食べたんです。残したのはわずか」

「そうか。あの作次にしてもうまかったと思えるな」

また、客が入って来た。そろそろ、立て込んでくる時間だ。

十六文を払って引き上げようとしたとき、

「孝助さん。ありがとうございました」

と、与吉が挨拶に出てきた。

「与吉さん。うまかった」

そう言い、孝助は外に出た。


日が暮れてから、客は入ってきた。与吉が忙しく蕎麦を作って出していると、また新しい客が入ってきた。

駕籠かきのふたりだ。

「いらっしゃい」

おまちが元気よく迎えた。

「かもなんばんをくれ。俺はこれに病み付きになりそうだ」

いかつい顔の男が言う。

「俺もかもなんばんだ。その前に酒だ」

おまちが酒を運ぼうとしているのを、

「俺が運ぶ。礼がいいたいんだ」

と、与吉が代わった。

駕籠かきのふたりの前に徳利を置いてから、

「先日はありがとうございました。おかげで、なんとか立ち直ることが出来ました」

「なんのことだ？」

駕籠かきはとぼける。

「お客さんが来なくて困っているときに皆さんを連れて来てくださり、その上、変な噂に負けるなと励ましてくださいました。あれで、どんなに救われたかもしれません」

「そうか。うまいものはうまいんだ。そういうことだ」

駕籠かきは豪快《ごうかい》に笑ってから、

「じつは種を明かすと、『樽屋』の孝助さんに言われたんだ」

「えっ、どういうことですかえ」

「孝助さんが、妙な噂が広まって困っている蕎麦屋を助けなきゃ浅草ッ子の名折れだと一席ぶちやがったんだ。仕掛け人はあの男だ」

「孝助さんが……」

「あっ、いけねえ。今のは聞かなかったことにしてくれ。話しちゃいけないことになっていたんだ」

駕籠かきはあわてて言う。

込み上げてくるものがあって、与吉は板場に駆け込んだ。そうか、孝助さんだったのか。そんなこと、おくびにも出さないで。

「おまえさん」

おまちが声をかける。

「ああ、だいじょうぶだ」

うまい蕎麦を作る。これが、俺の恩返しだと、与吉は改めて覚悟を固めた。

第三章　裏切り

一

孝助《こうすけ》と文蔵《ぶんぞう》は『白河屋《しらかわや》』にやって来た。すでに来ていた塗物師《ぬりものし》の政次《せいじ》が出迎《でむか》え、ふたりを客間に通した。

「まるで自分の家のようではないか」

文蔵が政次に言う。

「亡《な》くなった旦那《だんな》に可愛《かわい》がってもらいましたからね。それに、左吉《さきち》さんがいるころはよく遊びの相手になってやりました」

「だから、自由に出入り出来たってわけか」

「自由ではありません。お断りをして、上がっています」

やがて、内儀《おかみ》のおしまに連れられて、若い男がやって来た。細身の男で、顔も細い。眉《まゆ》が濃く、目尻《めじり》がややつり上がっているので鋭い顔つきだ。

五年間、どんな暮しをしてきたのか、まっとうに歩んできていないような気がした。

「親分さん。お待たせしました。左兵衛《さへえ》の子の左吉です」

おしまが口を開いた。

「左吉です。お見知り置きを」

左吉は丁寧《ていねい》に頭を下げた。

「あっしは北町の旦那から手札をいただいている文蔵、こっちが手下の孝助です。あっしらは、左兵衛さんが亡くなったあと駆《か》けつけています。ことに、孝助は亡くなる数日前に『多幸庵《たこうあん》』という蕎麦屋で発作《ほっさ》を起したときにも居合わせましてね」

「そうですか。それは……」

左吉はまた頭を下げる。

「左吉さんは左兵衛さんと最後にお会いになったのはいつなんですかえ」

文蔵はきいた。

「五年前です」

「というと、勘当《かんどう》されたあと、一度も会っていないってことですか」

「そうです」

「聞けば、左兵衛さんが内儀さんを後添《のちぞ》いにもらうことに反対したということでしたが、そのとおりで?」

「このひとがどうのこうのではありません。ただ、後添いに反対しただけです」

「なるほど」

文蔵は頷《うなず》き、

「勘当中は何をしていたんですね」

「棒手振《ぼてふ》りです。いつか、『白河屋』を継《つ》ぐことになるのですから、そのためにも商売を覚えておこうと思いましてね」

「ちなみに、どこにお住まいで?」

孝助が口をはさんだ。

「親分さん」

おしまが険しい口調になって、

「なぜ、そんなことをおききになるのですか。左吉さんは、『白河屋』に戻《もど》ってくれたのです。今までのことはもう関《かか》わりありません」

「内儀さん」

孝助が口を開く。

「仰《おつしや》ることはごもっともです。ただ、左吉さんがこの五年間、どのような暮しをしてきたかを知っておくことは、今後の『白河屋』さんのためにもなるんじゃないかと思いましてね」

「どういうことですか」

「左吉さんは深く考えていなくとも、左吉さんの周囲にいた人間たちにしてみたら、仲間のひとりが急に大店《おおだな》を継ぐことになったのです。左吉さんに取り入り、金にしようと考える不心得者がいないとも限りません」

「そんな者がいるはずありません」

「内儀さんはほとんど左吉さんとは面識がないはずですね。なのに、どうしてそんなことが言えるのですか」

「それは……」

言葉に詰《つ》まったが、

「政次さんから聞きました」

と、言い繕《つくろ》う。

「しかし、政次さんもこの五年間、左吉さんがどんな暮しをしてきたのか、知らないはずですよ」

「ずいぶん、失礼じゃありませんか」

おしまが眦《まなじり》をつり上げ、

「まるで、左吉さんが何か企《たくら》んでいるような」

「内儀さん」

孝助は片手を上げて制して、

「そうは言っていません。左吉さんをうまく利用しようとする仲間がいるかもしれない。そのことを心配してきいているのです」

「そんなこと、あるはずありませんよ」

政次が口を歪《ゆが》めて言う。

「どうして、そう言い切れるのですか」

「それは、左吉さんを信用しているからですよ」

「左吉さんの仲間も信用出来るのですか」

「左吉さんは、いつか『白河屋』に戻るつもりでいたんです。ですから、不用意なつきあいはしてこなかった。そういうことです」

「女はどうですか」

「女?」

「左吉さんに好きな女のひとはいたんじゃないですか。どうなんですか」

孝助は左吉にきいた。

「遊びですよ」

「遊んだ女がいたのですね」

「まあ」

「その女とはうまく手が切れたのですか。あとで、乗りこんでくるようなことはないんですか」

「ありません」

「どこのなんと言う女ですか」

「きいてどうするんですか」

「害をなす人間ではないか、調べてみます」

「親分さん。なんで、そんなことに答えなきゃならないんですか」

おしまがいらだちを隠さずに言う。

「内儀さん。あっしのほうからしたら、なぜ、左吉さんがどこで暮らしていたかを言わないのか、そこが不思議でならないんですよ。まるで隠《かく》しているように思えるんです」

「まあ、失礼な」

「そうだ。失礼だ」

政次が声を荒らげた。

「内儀さん。少し黙っててもらおう。政次、おめえもだ」

文蔵がぎょろ目を剝《む》いて、

「おう、左吉。この五年間、どこで何をしていたか、教えてもらおう。それとも、この文蔵を見下して、言わないのか。それなら考えがあるぜ」

「………」

左吉は顔を強張《こわば》らせた。

「やい、どうなんだ？」

「番頭さん」

おしまが立ち上がって障子を開けて怒鳴《どな》った。

すぐに番頭の沢太郎《さわたろう》が駆《か》けつけた。

「内儀さん、何か」

「すぐ与力《よりき》の串本《くしもと》さまのところに行っておくれ。岡《おか》っ引《ぴ》きに威《おど》されて困っていると。至急、『白河屋』まで駆けつけておくれとね」

「そこまでして、左吉さんのことを隠そうとなさるんですね。おかげで、調べる張り合いが出来ましたぜ」

孝助は言い返したが、さすがに文蔵は肝《きも》が据《す》わっている。ゆっくり、煙草《たばこ》入れを取り出し、

「串本さまがやって来るまでだいぶ待ちそうだ。煙草盆《ぼん》を貸してもらいてえ」

と、催促する。

政次が手を伸ばし、煙草盆を引き寄せ、文蔵の前に押しやった。

「すまねえな」

煙管《きせる》を取り出し、

「孝助」

と、文蔵が呼びかけた。

「へい」

「俺は串本さまを待っている。おめえは先に帰れ」

「でも」

「いいから帰れ」

「へい。じゃあ」

孝助は部屋を出た。

文蔵は本気で与力を待つつもりなのか。それとも、相手のはったりだと見抜いてのことか。

いずれにしろ、文蔵に任せたほうがよさそうだった。

孝助は浅草聖天町《あさくさしょうでんちょう》に帰ってきたが、思いついて北馬道町《きたうまみちまち》に足を向けた。作次《さくじ》の長屋に行った。作次は今川桂伯《いまがわけいはく》から左兵衛の症状を聞いていた。何か、作次は知っている。そんな気がしてならない。

木戸を入り、作次の住まいの前に立った。腰高障子《こしだかしょうじ》を開けて、

「作次さん。いるかえ」

と、奥に向かって声をかけた。

だが、暗い部屋に人影はなかった。土間に履物《はきもの》があったが、作次の姿は見えない。

帰って来るまで待つかどうか、迷っていると、

「作次さんは出かけたよ」

と、女の声がした。

振り返ると、いつだか大根を洗っていた女だ。

「まだ、帰って来ませんか」

「信州《しんしゅう》に行ったからしばらくは帰って来ないよ」

「信州に？」

「二親《ふたおや》の墓参りだそうよ。しばらく帰っていないからって。大家さんがそう言っていたもの」

「でも、あんなよたよた歩きで旅が出来るんですかえ」

「その気になれば案外としゃきっとするものよ」

「そんなものですかねえ」

それにしても、どうして急に親の墓参りなのだ。腑《ふ》に落ちないまま、孝助は大家の家に行った。

木戸の横にある家を訪ねると、大家はすぐ出てきた。

「おや、またおまえさんか」

「へえ。作次さん、信州に出かけたというのはほんとうなんですか」

「ああ、ほんとうだ。急いで関所手形をとってやった」

中山道《なかせんどう》には横川《よこかわ》に関所がある。

「親の墓参りってほんとうなんですかえ」

「そうだ。なんでも、夢に二親が出てきたらしい。墓が荒れているんじゃないかと気になったそうだ」

「いつ出発したのですか」

「一昨日だ。まあ、作次の足じゃ時間がかかろうが、道中は駕籠《かご》を使うのではないか。森田屋《もりたや》さんから借金をして出かけたようだからな」

「わかりました」

礼を言い、大家の家を辞去したものの、孝助は腑に落ちなかった。

ほんとうに信州に向かったのだろうか。善光寺《ぜんこうじ》の近くに住んでいたというが、この時期の突然の旅立ちは解《げ》せなかった。

作次は今川桂伯から左兵衛の症状を聞いていた。何かを調べていたのだ。そんな中で、突然、親の墓参りに行ったとは思えない。それに信州まではかなりの長旅だ。

さらに中山道は途中に難所の碓氷峠《うすいとうげ》がある。碓氷峠を越えてやっと信州だ。浅間三宿《あさまさんしゅく》の軽井沢《かるいさわ》、沓掛《くつかけ》、追分《おいわけ》に入る。

追分から北国《ほっこく》街道、別称善光寺街道に入る。途中、駕籠を使うといっても、ふつうの人間よりかなり日数がかかるのではないか。

孝助は『樽屋』に帰らず、そのまま『森田屋』に向かった。

田原町から稲荷町《いなりちょう》を抜け、上野山下《うえのやました》から下谷広小路《したやひろこうじ》に入り、上野新黒門町《しんくろもんちょう》にやって来た。『森田屋』に駆け込むと、ちょうど森田屋が客を送り出したところだった。

「森田屋さん。すみません」

孝助は近づいて声をかけた。

「これは文蔵親分の……。確か、孝助さんでしたな」

「へい、さようで。森田屋さん、ちょっとお訊《たず》ねしやす。作次さんが信州に旅立ったというのはほんとうのことでしょうか」

「ええ、親が夢に出てきたそうです。ちょうど今年が父親の十七回忌にあたるそうです。それで思い切って信州に旅立つことにしたそうです」

「ひとりで出かけたのですよね」

「もちろん、ひとりです」

「あの体で、だいじょうぶなのでしょうか」

「無理せず、駕籠や馬に乗るように路銀を渡しました。でも、見掛《みか》けほど、弱くはありませんよ」

「帰ってくるつもりなんですね」

「もちろんです。墓参りをし、お坊さんにお経を上げてもらって帰ってくると言っていました」

「ほんとうは別の目的、あるいは別の場所に行ったということはありませんか」

「そんなことはありませんよ」

孝助は『森田屋』を辞去した。やはり、作次の行動は謎《なぞ》だった。


夜になって、孝助は文蔵の家に行った。

亮吉《りようきち》と源太《げんた》が来ていた。

「親分。昼間はどうも」

『白河屋』に同道してもらった礼を述べてから、

「あのあと、どうでしたかえ」

と、孝助はきいた。

「まあ、おめえも一杯やれ。峰吉《みねきち》、注《つ》いでやれ」

「へい」

文蔵は上機嫌だった。

湯呑《ゆの》みを差し出し、峰吉は徳利から酒を注いだ。

「すまねえ。じゃあ、いただきます」

孝助は湯呑みを口に運ぶ。

「で、与力の旦那が来たんですかえ」

「来るわけねえ」

「そうでしたかえ。ずいぶん、自信たっぷりでしたから、ほんとうに与力の旦那と親しいのかと思ってちょっとあわてました。だって、丹羽《にわ》の旦那の上役なんでしょう」

「おしまは芸者をしていたんだ。串本さまの座敷によく呼ばれていたらしい。その関係で、『白河屋』と縁が出来た、つまり付け届けをしているってわけだ。だが、串本さまだって、そんなことでいちいち奉行所から駆けつけるわけはねえ」

「で、結局、左吉のことはどうなりましたかえ」

「孝助。もう、いい」

「えっ？」

「これ以上、突っ込まなくてもいい」

「どうしてですかえ」

「どうせ、左吉はこの五年間まっとうに暮らしてきていないことは明らかだ。『白河屋』にしたら、そのことは隠したいんだろう。その気持ちはわかる」

「親分。だから、左兵衛が死んだこととの関《かか》わり合いが気になるんです。左兵衛が勘当を解くつもりがなかったら、左吉は……」

「左吉がじつの父親を手にかけたというのか」

「そういうわけでは……」

「いいか。左兵衛は奉行所の検死でも病死ということになっているのだ。左吉がどんな思いでいようが、左兵衛の死とは関係ねえ。いいな、もう、この件から手を引け」

「………」

孝助は耳を疑った。

「孝助。わかったのか」

「でも、親分。左兵衛の死には……」

「もうけりがついているんだ」

「孝助」

亮吉が横合いから口をはさんだ。

「おめえ、親分に逆らおうっていうのか」

「とんでもない。そんなつもりはありません」

「だったら、つべこべ言うんじゃねえ」

亮吉は冷たい笑みを浮かべた。

「へい」

俺《おれ》が帰ったあと、何かあったのだ。いや、文蔵は俺を先に帰して……。そうだ、そうに違いないと、孝助は唸《うな》った。

湯呑みの残った酒を呑み干し、

「では、あっしはこれで」

と、孝助は腰を浮かせた。

「孝助。もう、『白河屋』に行くんじゃねえ。わかったな」

「わかってます」

内心の怒りを隠して、孝助は応じた。

部屋を出ると、亮吉の嘲笑《ちょうしょう》が聞こえた。

夜風を受けながら、孝助は怒《いか》りが治まらない。文蔵は内儀のおしまから金をもらったのだ。

あいつのことは押さえるから心配するな。そう約束し、大枚《たいまい》の金を手に入れたのに違いない。少なくとも五両、いや十両は出させたのではないか。

『樽屋《たるや》』に近づくと、

「孝助」

と、声をかけられた。

「十郎太《じゅうろうた》さんか」

「なんだ。ずいぶん、素っ気ないな」

十郎太が苦笑し、

「何かあったな」

と、真顔になった。

「…………」

「話を聞こう」

「待って下さい。『樽屋』じゃ、話は出来ない」

「では、『多幸庵《たこうあん》』だ」

十郎太はさっさと『多幸庵』に向かって歩きだした。孝助はあわてて追いかけた。

二

与吉《よきち》は、孝助がやって来るのを心待ちにしていた。

駕籠かきの男の話から、『多幸庵』の危機を救ってくれたのが孝助だとわかり、礼を言いたかった。『樽屋』に押しかけて礼を言うのはかえってあざとい気がして、客として孝助がやって来るのを待っていた。

客はきょうも入っている。もう、あの噂《うわさ》の影響はなくなったとみていい。蕎麦打ちの工夫も続けている。あと一歩のところまで来ているという気がしている。

「いらっしゃい」

おまちの一段と弾んだ声に、与吉は板場から覗《のぞ》いた。

孝助が入って来た。先日の若い浪人《ろうにん》といっしょだった。

「孝助さんよ」

おまちが呼びに来た。

「ああ、今、行く」

与吉は手を拭《ふ》いて店に出て行く。

「孝助さん。この通りです」

与吉は頭を下げた。

「どうしたんですね、いきなり」

「噂が出たとき、孝助さんがお客さんを寄越《よこ》してくださったそうですね。この前、駕籠かきのお方からお聞きしました」

「いや、私はただいい加減な噂に踊らされるのは浅草ッ子の恥だと言っただけです。

あのひとたちが自分の気持ちで駆けつけたんですよ。それだけじゃなく、あのひとたちは髪結い床や湯屋に行っては、噂を否定しまくってきたそうです。でも、結局は味ですよ。おいしいから、お客さんが戻って来たんです」

「そうですか。みなさんがそこまで」

与吉は胸が熱くなった。

「そもそも、最初はここにいる越野《こしの》十郎太さんですよ」

孝助が十郎太に顔を向け、

「よせ。俺は何もしていない」

と、渋い表情をする。

「十郎太さんが最初にこちらの災難を知らせてくれたんです」

「そうでしたか。ほんとうにありがとうございます。私らは仕合わせものです」

与吉はしみじみ言う。

「ご亭主。酒をもらおう」

十郎太は照れを隠すようにぶっきらぼうに言う。

「はい。ただいま」

与吉は急いで板場に向かうと、「いらっしゃいませ」という新たに客を迎えるおまちの声が背中でした。

孝助と十郎太は小上がりの奥で酒を呑みはじめた。

「繁昌《はんじょう》しているな」

十郎太がうれしそうに言う。

「よかった。さすが浅草ッ子だ」

孝助は『樽屋』に集まって来るひとたちに頭の下がる思いだ。あそこの客はその日暮らしの男たちが多い。

雨が降れば、その日の稼ぎは得られず、三日も降り続けられて仕事が出来なければ干上がってしまうような連中だ。それなのに、ひとの難儀を黙《だま》って見過ごせない。

「俺は『なみ川』を再興させたいと思っています。でも、『樽屋』の客と接しているうちに、ほんとうに『なみ川』を再興させる必要があるのか、わからなくなってきました」

何らかの陰謀《いんぼう》により『なみ川』は潰《つぶ》され、父は獄死し、母は心労によって亡くなった。『なみ川』再興は亡き二親への供養でもある。

だが、『なみ川』は客を選ぶ料理屋だ。『樽屋』にやって来る客が上がれる場所ではない。

誰のために『なみ川』を再興させるのか。今度のことで、孝助はよくわかった。仮に、『なみ川』の再興がなったとしても、孝助は『なみ川』では働かない。自分は『樽屋』を続けて行く。そう思った。

「でも」

と、孝助は続ける。

「『なみ川』に何があったのか。そのことははっきりさせるつもりです」

「『なみ川』の再興がなったら、誰に『なみ川』をやらせるのだ？」

十郎太がきく。

「妹のお新《しん》です」

「妹には会っているのか」

「いや。会っていません」

お新は親戚《しんせき》に引き取られていた。

「なぜだ？」

「真相を摑《つか》むまでは、俺が『なみ川』の倅《せがれ》であることは隠さねばならないんです」

「では、いま妹がどんな暮しをしているのかわからないではないか。『なみ川』を継ぐ気があるかどうかも」

「継ぐ気がなければ、『なみ川』は再興しません」

孝助はきっぱりと言い、

「それより、まず『なみ川』で何があったかを知るのが先です」

客がたくさん入り、そこそこの喧騒《けんそう》があるので、話を聞かれる心配はなかった。

「ところで何があったのだ?」

十郎太が改めてきいた。

「文蔵め」

孝助は思わず吐き捨てる。

「何があった?」

「きょう、『白河屋』に文蔵親分といっしょに行き、帰って来た倅の左吉と会いました。でも、左吉がこの五年間、どこで何をして暮らしてきたのか、きいても詳しく教えてくれようとしなかった」

そのことで押し問答の末、内儀のおしまが与力に訴えると言い出したことを話し、

「文蔵親分は与力の旦那がやって来るまで時間がかかる。先に帰っていろと言い、俺を先に帰したんです。そしたら、内儀と取り引きしたようです。もう、『白河屋』に

は関《かか》わるなと釘《くぎ》を刺されました」

「金をもらったと言うのか」

「そうです。おそらく、十両はもらっているはずです。もちろん、そんな命令は聞き流して探索を続けたいのですが、そうしたら文蔵から睨まれる」

孝助は憤然とし、

「せっかく文蔵の懐《ふところ》にもぐり込めそうになったところなんです。こんなことで、文蔵の機嫌を損ねたくない。だが、このまま、『白河屋』の件を捨ててしまうわけには行かない」

「もともと、文蔵はそういう男だったんだろう」

「そうです。浅草奥山《あさくさおくやま》でゆすり、たかりを繰《く》り返《かえ》していた地回りだった。そんな人間が岡っ引きになったんです、やることは同じです。いや、岡っ引きだけに始末が悪い。今は顔をだすだけで、店の者は後難を恐《おそ》れて金を出す」

「そのことを承知の上で近づいたのだ。仕方ないだろう」

「それはそうですが……。左兵衛さんの件は、俺も関わりがあるから気になるんです」

「病死だと信じていないってことか」

「そうです。じつは、誰にも言っていないんですが、死んだ左兵衛さんの枕元《まくらもと》に白い粉が少し落ちていた」

「白い粉？」

「毒薬ではないと思う。左兵衛さんが毒を呑んでないことは今川桂伯の診断でもはっきりしています。ただ」

「ただ、なんだ？」

「まだ、誰も知らない毒薬かもしれませんが」

「そんなことはあるまい」

「そうですね」

孝助も毒薬とは思っていない。

「酒、もらいましょう」

孝助は空の銚子《ちょうし》を持って、

「頼みます」

と、おまちに声をかける。

おまちが酒を運んで来た。

「きょうも入っていますね」

「はい。おかげさまで。あっ、いらっしゃい。すみません」

おまちは新たな客に声をかけ、忙しそうに離れて行った。

「白い粉は関係ない。ほんとうに、左兵衛さんは病死だったのかもしれない。でも、左吉のことを考えると、俄然《がぜん》、疑いが生じるんです。左兵衛さんが死んで左吉が『白河屋』に戻って来られたのですから」

「左吉を疑っているのか」

「もし、左兵衛さんが殺されたのだとしたら、内儀の仕業です。それに、政次が絡んでいる。場合によっては、あの沢太郎という番頭もです」

「根拠があるのか」

「いや。ただ、あの沢太郎っていう番頭は苦み走った男です。若い内儀にしてみれば、左兵衛なんかよりよほどいいんじゃないかと思いました」

「そなたが勝手にそう思っただけか」

「まあ、そうですが」

「左吉は……」

十郎太が言いかけて、首を傾《かし》げた。

「どうしました？」

「左吉はほんものなのか」

「…………」

「偽者とすり替わっていないのか」

「手代はふっくらとしていたのが痩《や》せたと言ってました。だが、十七歳の若者が二十二歳です。この五年で、変貌《へんぼう》を遂《と》げるのは当然でしょう」

「左吉が本物だと言っているのは内儀に番頭、それに政次だ。怪《あや》しくないか。左兵衛殺しに絡《から》んでいる人間だけだ」

「…………」

「左吉が本物かどうか、まずそのことを確かめるのが先決ではないか」

「もし、偽者《にせもの》だったら……」

内儀と番頭による『白河屋』の乗っ取りだということが明らかになる。

「だが、調べようにも、もう、『白河屋』に行くんじゃねえって、文蔵から言われているんです」

「政次のほうを当たる分にはいいだろう」

「政次か」

「そうだ。少し、威しをかけたらどうだ。相手がどう出るか、確かめるんだ」

「なるほど」

「『白河屋』のほうは俺が当たる」

「ほんとうですか」

「ああ、どうせ暇《ひま》だ」

「よし。元気が出てきた」

酒を十郎太の猪口《ちょこ》に注いで銚子が空になった。

「蕎麦にしよう」

十郎太が言う。

「よし。おまちさん。頼む」

おまちが近寄ってきてから、

「きょうはかもなんばんにしよう」

と、十郎太は言う。

「俺も、かもなんばんだ」

孝助も同じものにした。これから、ふたりだけで同じ敵にぶつかって行くという覚悟を示したのだ。その気持ちが通じたかのように、十郎太は微《かす》かに微笑《ほほえ》んだ。

翌日、孝助は茅町《かやちょう》一丁目にある政次の家に行った。

土間の向うにある仕事場では職人が器《うつわ》に漆を塗《ぬ》っている。政次が顔を上げた。

政次は含み笑いを浮かべて近寄ってきた。

「何しにきたんですね。こんなところにやって来て、文蔵親分に叱《しか》られませんかえ」

「『白河屋』には行くなと言われたが、ここのことは特に言われなかったもので」

孝助が言うと、政次は笑みを消した。

「文蔵親分は『白河屋』の内儀さんと約束したんですぜ。もう、関わらないとね」

「内儀さん、いくら出したんですね。十両ですかえ」

「親分にきいたらどうだえ」

「ごもっともで」

「わかったら、もう二度とここに来ないでもらいてえ」

「いくつか教えていただけませんかえ。そしたら、もう来ません」

「なんだ?」

「左兵衛さんと内儀さんの仲はどうだったんですかえ」

「そんなことをきいてどうするんだ?」

「ひょっとして、あんまりうまくいっていなかったのかと思いましてね。だって、待《まっ》乳山聖天《ちゃましょうでん》にお参りに行ったんでしょう。夫婦和合を祈願に。うまくいっていないから、お参りしたんじゃないですかえ」

「子どもが授かるようにお願いに行ったんだ。変なかんぐりはやめてもらいてえな」

「でも、内儀さんと番頭さんは出来ているんでしょう。左兵衛さんは気づいたんじゃないですか。それで聖天様に」

「誰がそんなことを言ったんだ？」

「誰って、みな気づいているんじゃないですか」

「そんなはずはねえ」

「そんなはずはねえとは？　他の者に気づかれてはいないはずだってことですか」

「きさま」

　怒りからか、政次の声が震えた。

「それから、もうひとつ。あの左吉さん、本物の左吉さんですかえ」

「なんだと」

「いえね、あるひとに、左吉さんがこの五年間の暮しぶりを教えてくれないと言ったら、左吉さんは偽者かもしれないと言うんですよ。もし、そうならたいへんなことです。政次さんは左吉さんと親しかったそうですが、どうですね。偽者じゃありませんかえ」

「くだらねえことを言うな」

政次が大声を出したので、職人がいっせいにこっちを見た。

「いいか。文蔵親分に言いつける」

「あっしはただ気になっていることを確かめに来ただけですよ」

「いいか。もうこの件には関わらないと文蔵親分は約束したんだ。こんな真似《まね》をして、あとで親分にひどい目に遭《あ》うぜ」

「そいつは困る。文蔵親分に黙っていてくれませんか」

ある意味、本音だった。文蔵に取り入らなければ、十年前の『なみ川』没落《ぼつらく》の真相に辿《たど》り着けなくなる。

「だめだ。今からでも、言いに行く」

「そうですかえ。そんなことをされたら、あっしは親分からお払い箱になってしまう。でも、そうなれば誰に遠慮《えんりよ》なく、『白河屋』のことを調べられる。かえって、いいかもしれねえ」

孝助は居直ったように言う。

「そんなこと文蔵親分が許すはずはねえ。お縄《なわ》になるぜ」

「なら、あの件を奉行所に知らせるまでだ。やってもらいましょう。ただし、その前に、あの件をばらされてもいいか、内儀さんに確かめたほうがいいですぜ」

「はったりを言いやがって」

「はったりじゃありませんぜ。あっしは左兵衛さんが亡くなった現場に立ち会ったんですぜ。そこで、あるものを見つけた。じつは、そのことを誰にも話さなかった」

「はったりだ」

政次の声が小さくなった。

「そう思うならそれでいい。ただし、俺のことを文蔵親分に言いつけたら、そのことをおおっぴらにする」

「なんだ、それは？」

「左兵衛さんの枕元に落ちていたものだ。そう言えば、わかるはずだ。わからなければ、内儀さんにきいてみるといい」

「嘘《うそ》だ。そんなものがあるはずない」

「白い粉だ」

「…………」

「白粉《おしろい》かと思ったが、全然別物だった。その正体を知って、驚いたぜ」

今度ははったりだった。あの白い粉がなんだったのかわからない。

「何が狙《ねら》いだ？」

政次がうろたえていることがわかった。

「狙い？　それはまたのことにしましょう。これから、文蔵親分との決別に備えなきゃならないんで。じゃあ、また来ますぜ」

孝助は着流しの裾《すそ》をつまみ、さっそうと土間を出た。この威しで政次がどう出るか、孝助は気持ちを引き締めた。

三

翌日は朝からしとしと雨が降っていた。

孝助は『樽屋』の裏口から出て、傘《かさ》を差して聖天様に行った。

こんな雨でも、朝早くからお参りに来るひとがいる。孝助は拝殿《はいでん》で手を合わせて、『なみ川』の再興を祈願した。

『なみ川』の再興がなっても、孝助は『なみ川』から手を引くつもりだ。そういう気を起させたのは『樽屋』に集まってくるその日暮らしのような男たちだった。

困窮《こんきゅう》した『多幸庵』のために一肌脱いだ義俠心《ぎきょうしん》に心を打たれたのだ。『なみ川』が再興したら、あの者たちとは縁が切れてしまう。あくまでも、孝助はあの者たちと付き合うつもりだった。

だから、『なみ川』は妹のお新に任せるつもりだ。もし、お新にもその気がなければ、再興がなっても『なみ川』は人手に譲《ゆず》る。あるいは、再興を諦《あきら》めるつもりだ。ただし、それでも、『なみ川』で何があったのかは追及しなければならなかった。

そのためには文蔵の懐に入らねばならない。だが、今、孝助は文蔵に逆らっている。もし、政次がきのうのことを文蔵に告げたら、孝助は文蔵の激しい怒《いか》りを買うだろう。これまで築きつつあった信頼をいっきに失いかねない。

傘に当たる雨音が強くなった。きょうは一日降りか。

孝助は拝殿の前を離れた。晴れていれば遠く筑波《つくば》の山を望める場所に立ったが、目の前にある大川さえ雨に煙《けむ》っていた。

政次は果して文蔵に告げるかどうか。

きのう、白い粉のことを口にしたとき、政次は明らかに狼狽《ろうばい》していた。あの粉に何かの秘密があることは明白だ。

しかし、毒物ではない。左兵衛の死因が毒でないことは明白だ。だが、それでも何らかの役割を果しているのは間違いない。

政次がどう出るか、それによって孝助の疑惑《ぎわく》が的外れではないかわかる。

孝助は引き上げた。

裏口から入ると、起き出していた喜助《きすけ》が峰吉が来ていると言った。

「峰吉？　文蔵親分のところの？」

孝助はたちまち心の臓の鼓動《こどう》が激しくなった。

文蔵に頼まれて呼びに来たのだ。やはり、きのう、政次は文蔵に訴えたのだと思った。

「どうした？　店で待っているぜ」

喜助が不思議そうに言う。

「ああ、わかっている」

深呼吸をし、気持ちを落ち着かせてから、孝助は店のほうに行った。

まだ人気《ひとけ》がなく、薄暗い店の縁台に峰吉が座っていた。

「あっ、孝助さん」

峰吉が気づいて立ち上がった。

「親分がこんな早くからお呼びか」

「そうじゃねえんだ」

峰吉は否定した。

「親分の言いつけで、俺を呼びに来たんじゃねえのか」

孝助はほっとして言う。

「違う。きのうは実家に泊《と》まって、これから親分のところに行く途中なんだ」

峰吉は山谷町《さんやまち》の紙漉《かみす》き職人の倅だ。兄が家業を継ぐことになっているが、いずれ峰吉も紙漉き職人になることを条件に、いまだけ文蔵の家に居候《いそうろう》することを親が許してくれているらしい。

「何かあったのか」

少し安心して、孝助はきいた。

「じつは、ゆうべ兄貴たちと酒を酌《く》み交《か》わしているとき、『白河屋』の旦那の話になったんだ」

「左兵衛さんか」

「そうだ。俺の親父《おやじ》は五年ぐらい前まで、出入りをしている紙問屋の主人のお供でよく湯島天満宮《ゆしまてんまんぐう》門前町にある『明石《あかし》』という料理屋に行っていたそうなんだ」

「…………」

「旦那は、下谷御数寄屋町の芸者が目当てだったそうだ。ところが、『白河屋』の旦那も、その芸者に目をつけていたそうだ」

「もしや、その芸者ってのが『白河屋』の内儀?」

「だ、そうです。『白河屋』の旦那にもっていかれたって、紙問屋の旦那は悔《くや》しがっていたそうです。やはり、妾《めかけ》より後添いの話のほうがいいんだろと、親父が言ってました」

「それで?」

「ええ。親父は『白河屋』の旦那が『多幸庵』で苦しみだした日、千住宿《せんじゅしゅく》のほうからやって来る『白河屋』の旦那を見かけたそうです。職人らしい男といっしょだったと言ってました。たぶん、政次でしょう」

「千住宿?」

「ええ。昼前だったそうですから、そのあとに『多幸庵』に寄ったんじゃないですかえ」

「妙だな。政次は聖天様のお参りの帰りだと言っていた」

「親父は見間違いではないって言ってました。『白河屋』の旦那が亡くなって、そのことを思いだしたと言ってました」

「政次は嘘をついている。なぜ、嘘を……」

孝助は顎に手をやったが、すぐ気づいて、

「すまなかったな。助かったぜ」

と、峰吉に礼を言う。

「孝助さん。亮吉兄いには気をつけたほうがいいぜ。何かと、足を引っ張ろうとしているから」

「わかっている。ありがとうよ。そうだ、朝飯、まだなんだろう。食べて行かないか」

「いや。孝助さんのところで馳走《ちそう》になったら、亮吉兄いになにか言われるかもしれない。遠慮しておくよ」

「そうか」

孝助は苦笑するしかなかった。

「じゃあ、気をつけてな」

戸口まで見送る。

峰吉が戸を開けると、雨が吹き込んできた。

「ひでえ降りだ」

峰吉が悲鳴を上げるように言う。

「小止《こや》みになるまで待っていろと言いたいが、無理なようだな」

「なあに、こんな雨。じゃあ」

峰吉は雨の中を飛びだして行った。

孝助は戸を閉めた。ひとりになって、改めて、左兵衛と政次のことを考えた。ふたりは聖天様ではなく、千住宿のほうに行ってきたのだ。

なにをしに行ったのか。そして、なぜ、そのことを隠したのか。雨はまだ激しく降っていた。

雨が上がったのは夕方で、孝助は文蔵の家に行った。

すでに文蔵はくつろいでいたので、きょうは外出しなかったのか、それとも早々と帰って来たのか。

「親分。やっと雨が上がりました」

孝助は文蔵の顔色を窺《うかが》う。

「なにか用か」

「いえ、親分のご機嫌伺《きげんうかが》いに」

「何がご機嫌伺いだ」

どうやら、政次から何も言ってきていないらしい。やはり、白い粉は政次の泣きどころなのかもしれない。

だが、あの白い粉がなんなのかわからないことには、政次を問い詰めることは出来なかった。

「親分。亮吉兄いはきょうは？」

「これから来るはずだ。今、亮吉と源太には調べてもらっていることがある。そのことを知らせるために寄るはずだ」

「何か、あったんですか」

「神田川の左衛門河岸《さえもんがし》に若い男の死体が流れ着いたんだ。その身許《みもと》を探し回っているところだ」

「若い男ですかえ」

「遊び人ふうの男だ。心の臓を刺されていた。殺して川に捨てられたようだ」

「そうですか」

孝助は引っかかるものがあったが、

「親分。亮吉兄いが来る前にあっしは引き上げます」

と、急いだ。

「うむ。それがいいな。どうも、亮吉はおめえと馬が合わないようだ」

「へい。じゃあ、失礼します」

孝助は立ち上がった。

政次が何か言ってきたかどうか。それさえ確かめれば、あとは用はなかった。文蔵も、孝助に隠れて『白河屋』と取り引きしたことに負い目を持っているようだった。


その夜、孝助は『樽屋』の板場で、客の注文に応じて大根飯を作っていた。

店はいつものように盛況だった。

「いらっしゃいませ」

新しい客が入ってくるたびに、おたまの元気な声が轟《とどろ》く。

「あの……」

おたまが板場に入ってきた。

「いまのひと、孝助さんに話があるそうです」

「俺に？」

「はい。外で待っているそうです」

「わかった。とっつあん、ちょっといいかえ」

「ああ、任しておけ」

孝助は襷《たすき》をしたまま店を抜けて外に出た。

入り口の脇に、遊び人ふうの男が立っていた。孝助に気づくと、

「孝助さんですね。『白河屋』の左吉さんのことは深川の霊巌寺《れいがんじ》裏に住む六蔵《ろくぞう》という男がよく知っているそうですぜ」

「霊巌寺裏の六蔵ですね」

「住まいは、近くできけばわかるそうです。ただ、六蔵は明日からしばらく深川を離れるそうですんで、訪ねるなら今夜のほうがよいかもしれません。では、確かにお伝えしました」

「待ってください。あなたは？」

「あっしはただ使いを頼まれただけです」

そう言い、男は雨でぬかるんだ道を足早に去って行った。

ほんとうかどうかわからない。だが、六蔵に会えば何か摑《つか》めるかもしれない。孝助は襷を外し、いったん板場に戻って、出かけて来ると言い、改めて店を出た。

一刻（二時間）あまり後、孝助は小名木川《おなぎがわ》にかかる高橋《たかばし》近くにある霊巌寺裏にやっ

て来た。

寺に囲まれた小さな町屋に入り、六蔵のことをきいてまわった。だが、誰も六蔵のことを知らなかった。左吉のことも知らないようだ。

場所が違うのかもしれないと、孝助はいくつか並んでいる小さな寺の前を通って、別の町屋に向かった。

そのとき、背後にひとの気配がした。行く手を阻《はば》むように前方にも人影が現われた。

孝助は寺の脇《わき》の道に逃げた。

だが、黒い影は追ってくる。孝助は足早になった。黒い影は数人になっていた。雑木林に逃げ込む。足音が迫《せま》った。水たまりを撥《は》ねる水音がした。

行き止まりだった。孝助は立ち止まって振り返った。

五人の男が迫っていた。遊び人ふうの男の中に、ひとりだけ浪人がいた。

「何者だ?」

孝助は誰何《すいか》する。

返事はなく、男たちは匕首《あいくち》を抜いた。

「問答無用か。どうせ、『白河屋』の内儀か、塗物師の政次に頼まれたのだろう」

雨上がりの夜空に月が顔を出した。月影が男たちの顔を浮かび上がらせた。いずれも獰猛《どうもう》な顔をしている。

「左吉を知っている者はいるのか」

大柄《おおがら》な男がつつっと前に出てきて、いきなり匕首を持つ手をひょいと突《つ》き出す。孝助は飛び退《の》く。

だが、足元がぬかるんで動き難《にく》い。

「今は小手調べだ。今度は本気で行くぜ」

「待て。左吉を知っている人間はいないのか」

「よけいな問答をしている余裕はねえ」

男が含み笑いをし、匕首を頭の上に振りかざした。

「待て待て」

大きな声とともに、敵の背後に浪人が現われた。

「十郎太さん」

孝助が声をかけた。

「やはり、罠《わな》だったな」

十郎太は抜刀した。折からの月影に、十郎太の白刃が光った。

「おい。誰に頼まれたのか、言えば助けてやる。言え」

十郎太は近くにいた男の喉元《のどもと》に切っ先を向けた。そのとき、浪人が抜き打ちざまに十郎太に斬《き》りかかった。

十郎太は相手の剣を弾《はじ》く。

「旦那。そっちは頼みましたぜ。おい、こいつを殺《や》るんだ」

「おう」

と応《こた》え、他の者もいっせいに孝助に迫った。

ひとりが匕首を脇に構《かま》え、孝助目掛《めが》け突進《とっしん》してきた。孝助は寸前で身を翻《ひるがえ》らせ、突進して来た男の腰を思い切り蹴《け》った。

男はもんどりを打って倒れた。

「やろう」

大柄な男がむきになって、強引に孝助に迫った。孝助は横っ飛びに逃げる。そこに、別の男の匕首が襲《おそ》った。

孝助はその男の手首を摑んでひねる。男は派手に横に倒れた。だが、大男と最後のひとりが孝助を挟《はさ》み打《う》ちして迫った。

「そこまでだ」

十郎太の声がした。

ふたりの男ははっとしたように動きを止めた。

「あっ」

振り返った大男が叫んだ。侍が倒れていた。

「動くな。動くと斬る」

抜身を下げたまま、十郎太は近づく。

「誰に頼まれた?」

十郎太は大男に切っ先を突き付ける。

「言わないのか。なら、もう匕首を持てないようにしてやろう」

十郎太が剣を構えた。

「待て」

大男があわてて、

「知らない男だ」

「嘘をつくな」

「嘘じゃねえ。孝助って男を殺ったら、十両を出すって、見ず知らずの男に言われたんだ。ほんとうだ」

大男の目が微《かす》かに泳いだ。

「見ず知らずの男の言いなりになったのか」

「最初に一両をもらったんだ」

「どんな人間だ？」

「…………」

「言わないなら、片腕を落とす」

「待て」

大男はあわてた。

「饅頭笠《まんじゆうがさ》をかぶった男だ」

「どんな顔だ？」

「笠をかぶっていたのでよくわからない。唇は薄く、顎《あご》は尖《とが》っていた。中肉中背だ」

「隠しているな」

「隠してなんかいねえ」

「もういいよ」

孝助は十郎太に声をかけた。

「だいたい、想像がつく」

孝助は男に向かって、

「饅頭笠の男は嘘だな」

と、決めつけた。

「ほ、ほんとうだ」

「どうも、怪しいな」

十郎太は疑い深そうに言う。

「………」

「この者たちから名を聞いたところで証《あかし》があるわけではなく、とぼけられたらおしまいだ。許してあげよう」

「そなたがいいなら、そうしよう。よし。では、もうよい。いけ。依頼人に合わせる顔はなかろうが、会ったら伝えておけ。首を洗って待っていろとな」

十郎太の威しに、ごろつきどもは尻尾《しっぽ》を巻いて逃げ出した。

「助かりましたぜ。でも、よくわかりましたね」

孝助は礼を言った。

「『樽屋』から出て行くそなたを見て、あとをつけた」

「つけられているなんてちっとも気づかなかった」

「さあ、帰ろう」

十郎太は歩きだした。

「依頼したのは誰だ？」

「おそらく、あんな連中を知っているのは左吉に違いない。政次かと思ったが、職人の政次にあのような連中とのつながりはないはずです。だとしたら、左吉しかいない」

「勘当されていた五年間で知り合った仲間か」

「あるいは、左吉は偽者かも」

「『白河屋』の何人かの手代や客にきいてみたが、左吉に五年前の面影はないようだ」

両国橋を渡る頃には五つ半（午後九時）をまわっていて、大川に繰り出している屋根船の数もだいぶ少なくなっていた。

「もし、左吉が偽者だったら、本物はどうしているのだ？」

十郎太が沈んだ声で言う。

「神田川の左衛門河岸に若い男の死体が流れ着いたそうです。心の臓を刺されていた。殺してから川に捨てられたようです。まだ、身許はわかっていない」

「まさか……」

「さあ、どうでしょうか」

それが本物の左吉かどうか、見極めるのは難しい。すでに、左吉は『白河屋』に戻っているのだ。

月影はさやかで、人気の途絶えた蔵前通《くらまえどお》りはときたま野良犬が横切るだけで、誰にも会わずに浅草に戻ってきた。

四

昼下がりで、混み合っていた店内が急に静かになったとき、三人の男が暖簾《のれん》をくぐって入ってきた。

「いらっしゃい」

おまちが客を迎える。

ひとりは羽織を着た大旦那ふうの男、もうひとりは十徳羽織、そして、最後のひとりは三十過ぎの着流しの男で三人の中で一番若い。

「蒸籠《せいろ》を三つくださいな」

一番若い男が注文した。

与吉は板場から大旦那ふうの男を見て、どこかで見かけたことがあると思った。そういえば、十徳羽織の男は確か絵師の宇田川広麿だ。

蕎麦切りを熱湯に入れて茹で、つぎに水で冷やす。蕎麦汁を器に入れて、おまちに託す。三人が蕎麦を食べはじめたとき、与吉はあっと思いだした。

「あのお方は、日本橋の『はる駒《こま》』の旦那だ」

「『はる駒』の旦那？」

「通人だ。いっしょにいるのが絵師の宇田川広麿だ。あのふたりは、食べ物に通じているのでも有名だ」

「まあ、そんなお方がどうしてうちなんかに」

「気まぐれだろう」

そう言いながらも、与吉はふたりが蕎麦を最後まで食べてくれるかどうか心配だった。作次のことがあるので息を凝らして食べ終えるのを待った。

三人が食べ終えた。おまちは湯桶《ゆとう》を持って行く。

「きれいに食べていたわ」

「そうか」

ほっとした。作次が残したなら、いやがらせですませることが出来るが、『はる駒』の旦那と宇田川広麿が残したら二度と立ち上がれなくなる。それほどの大物だった。

「おかみさん」

若い男がおまちを呼んだ。

「ご亭主を呼んでくださらないか」

「はい」

その声は与吉にも聞こえた。

なんだろうと思いながら、与吉はこわごわ近づいた。

「きょうはありがとうございました。『多幸庵』の与吉でございます」

与吉は挨拶《あいさつ》をする。

「こちらは、日本橋の『はる駒』の……」

「はい。存じあげております。『はる駒』のご主人に絵師の宇田川広磨先生」

「はい。私は地本問屋《じほんどいや》『丸見堂《まるみどう》』の番頭でございます」

若い男が名乗ってから、

「じつは、今度、江戸の蕎麦の案内書を作ることになりました。まあ、蕎麦屋さんにとっては迷惑と思うお方もありましょうが、蕎麦好きの多くのひとたちのための手引き書にもなればよいと思っております」

与吉はまだ内容はわからないが、悪い話ではないような気がしていた。

「そこで、江戸における蕎麦番付を作ろうと思っているのです。数ある蕎麦の中から二十の蕎麦を選び、食べ比べ会を開催することになっています」

「食べ比べ会……」

「与吉さん」

はじめて、『はる駒』の主人が口を開いた。

「はい」

与吉は畏《かしこ》まって顔を向ける。

「どうでしょうか。こちらに蕎麦を出品していただけませんか」

与吉はすぐ返事が出来ないほど興奮《こうふん》して、

「信じられません」

と、やっとの思いで言い、

「ほんとうに、私の蕎麦でよろしいのでしょうか」

「もちろんです。きょう、いただいて、三人が一致《いっち》してお願いしようということになったのです」

「はあ」

「品評会に出るということは二十位以内に入っているということです。さらに、その中で番付をつけるというわけです」

「夢のようなお話で」

「では、引き受けていただけますね」

「はい。もちろんでございます。よろしくお願いいたします。ありがとうございました」

与吉は何度も頭を下げた。

「では、これからの打ち合わせには私が参ります」

『丸見堂』の番頭が言う。

「では、我らはこれで」

『はる駒』の旦那が財布を出した。十六文の三人分、四十八文を置いて、立ち上がる。

「ひとつお伺いしてもよろしいでしょうか」

与吉はおそるおそる声をかけた。

「なんですね」

『丸見堂』の番頭が応じる。

「どうして、私の店が選ばれたのでしょうか」

こんな場末にある蕎麦屋に誰が最初に目をつけてくれたのか。

「その土地土地には味にうるさいひとがおります。その方々から薦《すす》めていただき、私たちが実際に食べて値打ちを決めるんです」

「では、うちもどなたかに推していただいたのでしょうか」

「そうです」

「ちなみに、どなたが？」

「まあ、そのことは知らないほうがよいでしょう。知っても仕方ありません。いずれ、品評会のときにはわかることですから」

『丸見堂』の番頭は微笑んで言い、

「さあ、行きましょうか」

と、ふたりに声をかけて店を出た。

与吉は外まで見送りに行き、三人の背中に深々と頭を下げた。

「おまえさん」

おまちが横に立った。

「よかったわね」

「ああ、『はる駒』の旦那は食べ物の味にはうるさいと評判のお方だ。宇田川広磨という絵師も味にうるさく、そういう旦那衆が何人か集まっていろいろな催し物をしているということは知っていたが、まさか、俺の蕎麦が選ばれるなんて」

与吉の脳裏を作次の顔が掠《かす》めた。

「今から考えれば、作次ってひとのお陰かもしれないな。ひどいいやがらせかと思ったが、あれがあったから蕎麦の工夫をするようになったんだ」

「そうね。ほんとうにそうだわ。あのひとに工夫が足りないって言われて、おまえさんは発奮したんですもね」

「そうだな。なんだか妙なことだが、品評会に出るってことを、作次さんに早く知らせてやりたくなったぜ」

与吉は作次がやって来るのを待ち焦がれた。

三人の姿が見えなくなってから、与吉とおまちは店に戻った。すると、間を置かず、孝助がやって来た。

「それはほんとうですかえ」

『多幸庵』にやって来て、孝助は品評会の話を聞いた。

「これも、作次ってひとのおかげです。あのひとが蕎麦を残した反発から、いろいろ工夫したんですから」

与吉は言ってから、

「作次さんに会ってこのことを伝えたい思いでいっぱいです」

「残念だが、作次さんは信州に行っていて、まだ帰っちゃいないようです」

念のためにさっきも長屋に行ってみたが、作次は帰っていなかった。ひょっとしたら、向うでしばらく滞在《たいざい》してくるかもしれない。

「帰って来るんでしょうか」

与吉は不安顔になって、

「不思議ですね。最初は毛嫌いしていたのに、今はやって来てくれるのを待ち望んでいるんですから」

と、自嘲気味に言う。

「あのひとは信州生まれだから、蕎麦好きだったんでしょうね。『森田屋』でずっと下男をしていましたが、蕎麦の味のわかるひとだったんですよ」

「そうに違いありません。そう思うと、なおさら会いたくなります。それに」

と、与吉は深呼吸をしてから、

「まだ、最後まで蕎麦を食べきってもらっていません。品評会までに作次さんが残さずに食べられるような蕎麦を作りたい」

「与吉さん。あっしも応援《おうえん》していますぜ」

「ありがとうございます」

戸が開いて、峰吉がやって来た。

「遅くなってすまねえ」

そう言って、峰吉は向かいに座った。

左衛門河岸に上がった若い男の死体について、探索《たんさく》の様子を知りたかったのだ。

「なあに、まだ、そんなに待っていないよ。それより、親分のほうはだいじょうぶかえ」

「親分は今、亮吉兄いと源太さんを連れて本所《ほんじょ》に行った」

「本所？　身許がわかったのか」

「いえ、まだです。ただ、男は優男《やさおとこ》だったようで、女絡みで殺されたんじゃないかということでした」

「女絡み？」

「ええ。男は腰ひもで手足を縛られていたようです。それで、遊女屋を当たっているようです」

「遊女屋か」

孝助は頷いた。

左吉が遊女の情人《いろ》になっていたということは十分に考えられる。勘当されたあと、左吉がどうやって暮しを立てていくか。

大店の倅であれば、相手もいつか見返りを期待出来るから面倒を見ていたとしても不思議ではない。

「まあ、蕎麦でも食おう」

「へい」

「なににする？」

「俺はしっぽくがいいな」

「わかった。おまちさん。蒸籠としっぽくを頼む」

「はい。ありがとうございます」

「ところで、『白河屋』から何か言ってきたか」

「いえ」

「もし、『白河屋』から親分に何か接触があったら、すぐ知らせてくれ」

昨夜の襲撃は左吉の指示であろう。政次から話を聞いた内儀のおしまと左吉は孝助を消すしかないと考え、左吉の仲間に依頼したと考えるのはあながち見当違いではない。

襲撃に失敗したあと、政次たちはどう出るか。孝助を危険な存在として見ている。なんとしてでも、孝助の口を封じなければならないと思っているはずだ。孝助が気にしているのは、文蔵を金でたらし込むかもしれないことだ。

「お待ちどおさま」

蕎麦が運ばれてきた。

しっぽくは湯気が立ち、蕎麦の色と濃い汁の色合いがよく、具のしいたけ、かまぼこ、焼き玉子などが彩りを添えている。

「うまそうだ」

長崎に伝わった中国の惣菜《そうざい》料理がもとになって、大皿に盛られたうどんの上にいろいろな具を乗せた長崎料理が作られ、それを真似たしっぽく蕎麦が寛延《かんえん》（一七四八〜五一）ごろ江戸で売り出された。

一口すすってから、

「うめえ」

と峰吉は唸《うな》り、あとは夢中で食い続け、汁まで全部すすった。

「いつも亮吉兄いの蕎麦を食っているけど」

峰吉は汗と洟《はな》を流しながら、

「同じ蕎麦でもこんなにも違うものか」

と、満足そうに言う。

「ここのは特別だ」

「山谷の実家にも教えてやろう」

孝助は食べ終えて蕎麦湯を飲んでいた。

「よし、行こう」

孝助は代金を払って外に出た。

「すまねえ。ご馳走になって」

「いいってことよ。それより、『白河屋』の件と左衛門河岸の殺し、何か進展があったら教えてくれ」

「わかった」

峰吉といっしょに、孝助は山谷橋を渡った。吉原は昼見世《ひるみせ》がはじまっていて、吉原へ向かう男の姿も目立った。

山谷堀の船宿に猪牙舟《ちょきぶね》が着いた。吉原通いの客が舟から下りてきた。

「吉原ではないな」

思わず、孝助が呟《つぶや》く。

「えっ？　何がだえ」

「『白河屋』の旦那と政次だ。吉原ではなく、千住宿だったな」

「そうです。千住宿のほうから歩いてきたそうです」

ふたりで遊びに行くにしても、千住宿の飯盛女より吉原の花魁《おいらん》のほうに行くだろう。

ふたりは果して千住宿に行ったのだろうか。

その手前に仕置場がある。まさか、そんなところに用があるはずはない。最近は処刑はなく、獄門台に首が晒《さら》されているわけではない。

千住宿に、『白河屋』と関わりのある店があるのだろうか。しかし、そうだとしても、わざわざ政次とふたりで行く必要はない。

左兵衛と政次がいっしょになって行くとしたら、いや、いっしょでなければならない理由は……。

左吉だ。本物の左吉は千住に住んでいた……。

あの日、左兵衛は政次を連れて左吉に会いに行ったのではないか。そこで、勘当を解き、左吉を呼び戻す話になった。

内儀のおしまは左吉が帰って来ることを恐れた。五年前、おしまが後添いに入ることを拒み、店を飛びだしたほどだ。左兵衛が亡くなって、その倅が戻ってくれば、おしまは店を追い出されるかもしれない。

おしまは番頭の沢太郎と出来ていた。左兵衛が亡くなったあと、『白河屋』を継ぐつもりでいた。そこに、左吉が戻ってきては目算が狂う。

そこで、左吉を亡きものにする。だが……と、孝助は考える。本物の左吉を亡きものにするのはいいが、誰が手を下すのか。

おしま、沢太郎、政次に殺しを請け負うような連中との手づるがあっただろうか。

政次はどうか。塗物師の職人仲間から、金で人殺しをするような連中を引き合わせてもらったのか。

そう考えると、まず番頭の沢太郎ではない。

政次でなければ、おしまだ。おしまは下谷御数寄屋町の芸者だった。その頃に付き合いのあった連中……。

まてよ、と孝助は立ち止まって、頭の中を整理した。

おしまと沢太郎は左兵衛を病死に見せかけて殺す手立てを思いついた。だが、左吉が邪魔だ。ふたりは、左吉を始末する必要に迫られた。それで、昔の知り合いを訪ね、左吉殺しを依頼する。

この連中が左吉を殺した。

そして、仲間の中で一番若く、顔立ちが似ている男が左吉になりすまして『白河屋』に乗りこむ。そして、適当な時期に、偽の左吉は『白河屋』を出て行く。

そこまで考えたが、やはり問題はどうやって左兵衛を病死に見せかけて殺したのか。そのことが明らかに出来ない限り、おしまたちを追及出来ない。

ふと、烏《からす》の鳴き声が聞こえた。仕置場にある高い樹《き》に烏が数羽留まっていた。千住回向院《えこういん》の伽藍《がらん》の屋根にも烏がいた。

孝助は再び、歩きだした。

千住中村町《なかむらまち》、小塚原町《こづかっぱらまち》、そして千住大橋を渡ると千住宿と宿場が続く。奥州《おうしゆう》街道、日光《にっこう》街道の初宿であり、水戸《みと》街道もここから分岐するので行き交うひとの数は多い。また、飯盛女もたくさんいて賑《にぎ》わっていた。

孝助は宿場を歩いたが、どこを探していいかわからないまま引き返した。

翌日、孝助は湯島天満宮門前町にある『明石』という料理屋にやって来た。

まだ昼前で、料理屋はひっそりとしている。打ち水がしてある庭を突っ切り、玄関《げんかん》に向かう。

「ごめんよ」

孝助はわざとぞんざいに言う。そのほうがはったりがきくと思ったのだ。

「はい」

女将《おかみ》らしい年配の女が出て来た。

「まだ、なんですよ」

「客じゃねえ。俺はおかみの御用を預る文蔵親分の手下で孝助だ」

「これはおみそれしました」

文蔵の名を出すと、相手は一瞬侮蔑《ぶべつ》したような表情になったが、すぐに畏《かしこ》まる。さすが、嫌われ者だけあると、孝助は文蔵に呆《あき》れながら、

「亡くなった『白河屋』の左兵衛がここをよく使っていたそうだが？」

「はい」

「五年前、左兵衛はよく馴染みの芸者を呼んでいたそうだな。そして、身請けをした？」

「はい。おしまさんです」

「今は『白河屋』の内儀になっているおしまだな」

「そうです」

「その頃のことをききたいんだが」

「はあ」

「なにしろ、文蔵親分に知らせなきゃならないんでな」

文蔵の威を借りてから、

「その頃、おしまに決まった男がいたんじゃないのかえ」

「ええ、いつも仕事が終わったあとに迎えにきている男のひとがいました」

「名は？」

「平蔵《へいぞう》とか言ってました。二十三、四歳ぐらいです」

「どんな男だ？」

「この界隈《かいわい》の地廻《じまわ》りです。左兵衛さんが、あんな男とくっついていたら、骨までしゃぶられてしまうと言ってました」

「左兵衛が？」

「はい。おしまを助けるためにも俺の女房《にょうぼう》にしたい。だから、力を貸してくれと言われました」

「その男とおしまは縁《えん》が切れたのか」

「左兵衛さんがまとまったお金を払ったんですよ。それで、縁が切れたと思いますが」

「その後、再び、無心に来ていたかどうかわからないか」

「さあ、聞いていません」

「ここには、奉行所与力の串本さまも来るのか」

「はい。左兵衛さんとごいっしょに」

「左兵衛とか」

「おしまに何か疑いでも?」

女将が眉根を寄せてきいた。

「いや、そうじゃねえ。心配はいらねえ。ところで、左兵衛の左吉っていう倅を知っているか」

「おしまさんを後添いに迎える話が出てから、親に対してなんでも逆らうようになったとこぼしていました。確か、勘当したと聞きました」

「そうだ。だが、左兵衛が死んで、今は帰ってきた」

「そうですか。葬儀には姿がありませんでしたが」

「そのあとだ。帰って来たのは」

「なら、『白河屋』は安泰ですね」

「そう思うか」

「えっ？」

「左吉はおしまが後添いになることをいやがっていたんだ。そんな左吉が『白河屋』でおしまとうまくやっていけると思うか」

「そうですね」

「おしまにしてみたら、どうだ？　自分が邪険に扱われるという心配があるんじゃないのか」

「仰る通りですね」

「それに、おしまは『白河屋』を自分で取り仕切りたいという思いがあるんじゃないのか。だったら、とうていうまく行きそうにもない」

「………」

女将はため息をついただけで声にならなかった。

「平蔵がまだこの土地にいるかどうかわからないか」

「わかりません」

「その頃、どこに住んでいたかわからないか」

「妻恋町《つまごいちょう》の伝兵衛店《でんべえだな》だと聞きました」

「わかった。また、何かあったらききにくるかもしれない。すまなかった」

礼を言い、孝助は湯島天満宮の参道を抜けて妻恋町にやって来た。

伝兵衛店の木戸をくぐる。路地に人影はなかった。奥に行く。どこかで訊《たず》ねようとすると、目の前の腰高障子が少し開いて、目が見えた。誰かが覗いているのだ。

「もし、あっしはおかみの御用を預かる文蔵親分の手下だ。ちょっとききたいことがある。出て来てくんないか」

孝助は声をかけた。

腰高障子が開いて、年寄りが顔を覗かせた。

「とっつあんはここに何年住んでいるんだえ」

「俺か。七年以上だ」

「じゃあ、平蔵って男を知っているな」

「平蔵？」

「おしまという芸者と親しかった男だ」

「あの平蔵なら知っている」

年寄りは土間から出てこようとはしなかった。

「平蔵は今もここにいるのかえ」

「いやしねえ。おしまが身請けされてから、平蔵もいなくなった」

「どこに行ったかしらないか」

「知らねえな」

「知っていそうな人間はいるかえ」

「大家は知っているかもしれねえ」

「大家の家は？」

「路地から向かって木戸の左だ」

「とっつあん、すまなかった。助かった」

孝助は木戸を出て、大家の家に行く。荒物屋だ。

「ごめんください」

孝助は薄暗い奥に向かって声をかけた。

がさごそ音がして、顔の大きな中年男が出てきた。

「大家さんですかえ。あっしは文蔵親分の手の者です。平蔵って男のことでおききしたいんですが」

「平蔵が何かをしたのか」

「そうじゃねえ。ただ、平蔵から聞きたい話があるんで、探しているんです。どこにいるか、わかりませんかえ」

「誰かが深川で会ったとか言っていたな」

「誰ですかえ」

「わからねえ。明日か、明後日また来てくれ。それまでに調べておく」

知っていて隠しているような気がしないでもなかったが、それに従うしかなかった。

お願いしますと言って、孝助は大家の家を出た。

第四章　天下一蕎麦

一

夕暮れが迫《せま》っていて、行き交うひとは気が急《せ》いているのか、皆足早になっている。

孝助《こうすけ》は妻恋町《つまごいちょう》から茅町《かやちょう》一丁目の政次《せいじ》の家にやって来た。土間に入って行くと、政次は厳しい顔で出てきた。

「まだ、何か」

怒りを抑《おさ》えたような声だった。

「生きていてすみませんね」

孝助は厭味《いやみ》を言う。

「どういうことですか」

「霊巌寺《れいがんじ》裏に行ったら、ごろつきに襲《おそ》われました」

「なんのことかわかりません」

「政次さんの指示ではないんですか」

「さあ、私にはなんのことか」

「私のところに、遊び人ふうの男が『白河屋《しらかわや》』の左吉《さきち》さんのことは深川の霊巌寺裏に住む六蔵《ろくぞう》という男がよく知っていると知らせにきたんですよ。ところが、待っていたのはごろつきに浪人《ろうにん》」

「私は知りません」

「そうですか。あの連中は、たぶん左吉さんの知り合いでしょう」

「何のことかわからない」

政次はとぼけた。

「まあ、いいでしょう」

孝助は口調を変え、

「左兵衛《さへえ》さんと『多幸庵《たこうあん》』にやって来たときのことですが、聖天様《しょうでん》の帰りだと仰《おっしゃ》ってましたが、ほんとうは違うんじゃないですか」

「………」

「ほんとうは千住宿《せんじゅしゅく》のほうに行ったんじゃありませんか」

「違いますよ」

「でも、千住宿のほうから帰ってくる左兵衛さんと政次さんを見かけたひとがいるんですがねえ」

「ひと違いでしょう」

「いえ、見たのは、左兵衛さんをよく知っているひとです」

「違うものは違うとしかいいようがない」

「なぜ、お隠しになるのですか」

「隠してなんかいない」

「政次さん。お店《たな》に出入りをしている政次さんを誘《さそ》って、左兵衛さんが聖天様に行くことのほうが考えられないんですよ。夫婦和合のお参りに、なぜ他人の政次さんを誘わねばならないんでしょう」

「旦那《だんな》は私を気に入ってくれていたのだ」

「あなたは左吉さんと仲がよかったそうですね。左吉さんはあなたを兄のように慕っていたと」

「…………」

「だから、左兵衛さんはあなたを誘ったんじゃないですか。つまり、あの日、左兵衛さんとあなたは左吉さんに会いに行った。違いますか」

「では、どうして左兵衛さんとあなたは千住宿のほうから帰って来たのですか」

「違います」

「だから、それは人違いだと」

なぜ、嘘《うそ》をつくのか。なぜ、左吉と会ってきたとは言えないのか。孝助はそのことに疑問を持った。

「これ以上、あることないことを言ってつきまとうなら、今度こそ文蔵《ぶんぞう》親分に言いますよ。いいんですかえ」

「この前も同じことを仰いましたね。でも、それをしなかった。白い粉の件があるからじゃないんですか」

「何か勘違いしているようだな」

政次の口調が変わった。

「勘違いとは？」

「白い粉がなんだかわからないが、そのことを言っているのはあんただけだ。同じく現場に立ち会った同心《どうしん》の旦那や文蔵親分はそんなこと言ってませんぜ。今さら、あんたがそんなことを言い出しても、誰も信じない」

「…………」

政次の逆襲にあって、孝助は言葉に詰《つ》まった。

「そんなに重要なものなら、あんとき、皆に告げていたはずだ。なぜ、そうしなかったのか。あとで、白い粉をねたに『白河屋』を強請《ゆす》ろうとした。そういうことしか考えられない」

政次は誰かに入れ知恵をされているのだと思った。内儀《おかみ》のおしまか番頭の沢太郎《さわたろう》。あるいは、偽の左吉か。もしかしたら、四人で相談した結果か。

「ところで、白い粉は何かわかったと言っていたが、なんだったんだね」

「…………」

「毒物か。そんなはずはない。旦那は毒なんか呑《の》んでなかったという医者の話だ。そうだろう」

政次は攻勢に出た。

「ありもしない白い粉の話を持ちだしたり、左吉さんに疑いをかけたり、あまりにも露骨《ろこつ》な振《ふ》る舞い。親分も親分なら子分も子分だ。いいかえ、教えてやろう。前回、文蔵親分に告げ口しなかったのは、あの親分に頼むと、また金をせびられるからだ。だが、今度はおまえさんが金をせびりにきた。どうせなら、文蔵親分にせびられたほうがいい。今度こそ、文蔵親分から叱《しか》られますぜ。叱られるだけならいい。へたをすれば、強請《ゆすり》で文蔵親分にお縄《なわ》になる。首を洗って待っていることだ」

「あっしが金をせびりにきたかどうか、これからわかりますぜ。それから、あんたが千住宿からの帰りだったことを隠すのはよけいにあっちに何かあるのだと思わせてくれました。これから、千住宿を探る張りが出ましたぜ」

孝助は強がりを言って政次の家を出た。

ほんとうに文蔵に言うつもりか。こっちが勝手に動いていることはいつか文蔵にばれることはわかっている。だが、そのときには事件の真相がすべて明らかになってなければならない。

今、文蔵に告げられたらこっちの動きを封《ふう》じ込《こ》まれる。こうなったら、千住宿を歩き回り、本物の左吉のことを調べ上げるのだ。

そして、左衛門《さえもん》河岸《がし》で見つかった男が左吉であることを明らかにする。それが、真相を明らかにする近道だと思った。

翌日、孝助は朝から千住宿にやって来た。

飯盛女《めしもりおんな》と遊んで朝帰りの男たちと何人もすれ違った。宿場には旅籠《はたご》だけでなく、八百屋《やおや》や惣菜屋《そうざいや》、桶屋《おけや》、鍛冶屋《かじや》、左官、大工などの家もある。

青物市場に向かいかけて、ふと何者かの視線を感じた。振り返る。行き交う人間が多く、視線の主はわからない。

政次がまた手をまわしたのかと警戒する。相手も用心したのか、視線は消えた。あるいは、気のせいだったのか。

孝助は河岸《かし》のほうに向かう。上流の荒川《あらかわ》から船がいろいろな荷を運んで来て、河岸は賑《にぎ》わっている。

だんだん、孝助は絶望的になっていた。左吉が住んでいた痕跡《こんせき》を探そうとしたが、千住宿はあまりにも広い。

中村町《なかむらまち》、小塚原町《こづかっぱらまち》、そして千住大橋を渡って掃部宿《かもんしゅく》など十町で成り立っている。さらに、ここから西新井大師《にしあらいだいし》にも続いている。左吉が住んでいたのは、千住宿ではなく、そっちかもしれない。

そう考えると、ひとりで左吉の痕跡を探るには限界があった。考え直さねばならないかもしれない。

左衛門河岸の死体が左吉ではないかと文蔵に言ってもとりあってくれないだろう。亮吉《りょうきち》はどうか。

敵対心を持っているが、亮吉とて死体の身許《みもと》を早く知りたいはずだ。話を聞いてくれるかもしれない。

そう思うと、孝助は引き返した。

浅草聖天町《あさくさしょうでんちょう》の『樽屋《たるや》』に帰ると、峰吉《みねきち》が待っていた。

「あっ、孝助さん」

峰吉が血相を変えて、

「親分がすぐ呼んで来いと」

「どんな様子だ？」

「なんだか機嫌《きげん》が悪い」

「そうか」

「『白河屋』から何か言ってきたのか」

「今朝、『白河屋』の番頭がやって来た。番頭が引き上げたあと、親分はかなり……」

「怒《おこ》っていたか」

「かなり」

まずいことになったと、孝助はため息をついた。

文蔵に逆らい、文蔵の顔を潰《つぶ》したも同然だ。ひょっとしたら出入り差し止めになるかもしれない。

「孝助さん、どうするんだ？」

「行くしかあるまいな」

孝助は下腹に力を込《こ》めて言う。

心配そうにしている喜助《きすけ》に、

「とっつあん。行ってくる」

と断り、『樽屋』を出た。

なるようにしかならねえ、と孝助は開き直って文蔵の家にやって来た。

文蔵は長火鉢《ながひばち》の前で憤然《ふんぜん》とした様子で待っていた。

「親分。お呼びで」

孝助は恐《おそ》る恐《おそ》る声をかける。

「孝助。おめえ、何をしていた？」

「えっ、何がですかえ」

孝助はとぼける。

「やい。孝助、てめえよくも俺《おれ》の顔に泥《どろ》を塗ってくれたな」

「とんでもない。親分にそんな真似《まね》をしやしません」

「『白河屋』の左吉のことを調べているそうだな」

「へえ、ちょっと気にかかりましたので」

「何が気にかかるんだ？」

「あの左吉が本物かどうか」

「まだ、そんなことを言っているのか」

「親分、聞いてくだせえ。本物の左吉は千住宿辺りに住んでいたんだ。『白河屋』の左兵衛と政次が会いに行っている」

「だったら、なんの問題もあるめえ」

文蔵は眦《まなじり》をつり上げ、

「左兵衛は左吉の勘当を許した。だから、左吉は『白河屋』に戻ってこれたのだ」

「違います。あの左吉は本物じゃありません」

「おいおい、何を寝ぼけたことを言っているんだ。帰って来た左吉は左兵衛のほんとうの倅《せがれ》だ」

「親分。左衛門河岸で見つかった死体の身許はわかったんですかえ」

「まだだ」

「ひょっとして、あれが本物の左吉かもしれません」

「………」

「親分。千住宿を当たってみてくれませんかえ。きっと、あの男の身許がわかります」

「おい、孝助。言ったはずだ。『白河屋』にはもう関《かか》わるなと」

「でも、親分」

「くどい。あの左吉が本物だということは『白河屋』の親戚《しんせき》の者も認めているんだ。これ以上つべこべ言いやがると、てめえを『白河屋』への強請でしょっぴかなくちゃならなくなる」

「親分」

「いいか。俺をこれ以上、怒らせるんじゃねえ」

「へえ」

「しばらく、俺の名を使うのは許さねえ。手下でもなんでもねえ。わかったな。今度、『白河屋』や政次のところに行ったら、おめえはおしめえだ」

『白河屋』から金をもらったことを、丹羽《にわ》の旦那はご存じなんですかえと、よほど口に出そうとした。

だが、そしたら、文蔵の懐《ふところ》に飛び込むことはもう出来なくなる。くそっと歯嚙《はが》みをして、ぐっと堪《こら》えた。

「もういい。帰れ」

「へい」

孝助は頭を下げて立ち上がった。

峰吉が心配そうについてきた。

「だいじょうぶだ」

孝助は峰吉に言い、土間を出た。

『樽屋』の前までやって来たが、気が晴れず、待乳山聖天宮《まっちやましょうでんぐう》に足を向けた。

拝殿《はいでん》に手を合わせて心を落ち着かせていると、背後から声をかけられた。

「孝助さん」

誰でえ、お参りの邪魔《じゃま》をする奴はと思いながら振り返る。

「あっ、おまえさんは」

孝助は息を呑んだ。

「どうして、ここに?」

左吉だった。

「あなたが私のことを誤解していると聞きましてね」

左吉はにやつきながら言う。

「『樽屋』の前で待っていたら、あなたがここに向かったのであとをつけてきました」

「おまえは何者だ」

「左兵衛の息子の左吉ですよ」

「本物の左吉なら、なぜ深川で俺を殺させようとしたんだ」

「私にはなんのことかわかりません」

「とぼけるのか」

「とぼけちゃいません。あなたは、どうして私が偽者《にせもの》だと思うんですね」

「後添《のちぞ》いのおしまがいやで親に逆らい、勘当の憂《う》き目《め》に遭ったはず。それなのに、『白河屋』に帰ってくる気になったのはおかしいじゃないか」

「私が跡継《あとつ》ぎなんだから当然でしょう」

「おしまはどうするんだ？」

「いちおう、義母ですからね」

「うまくやっていくつもりか」

「もちろんです」

「左兵衛さんはなんで死んだと思うのだ？」

「喘息《ぜんそく》持ちでした。激しい発作《ほっさ》が起きたのでしょう」

「喘息の発作とは考えられない」

「でも、医者もそう言っているんです」

「おしまと番頭の沢太郎は仲がいいようだが」

「そうかもしれませんね」

「平気なのか」

「それも自然の成り行きじゃありませんかえ」

「心が広いのか、あるいは……」

「あるいは、なんですか」

「何か魂胆《こんたん》があるのか」

「まさか……」

「あんたは勘当されていた五年間、どこで何をしていたんだ?」

「千住宿の仕事師のところで厄介《やっかい》になったあと、後家さんのところに居候《いそうろう》をしてました」

「後家?」

「まあ、情人《いろ》ですよ。結構可愛《かわい》がってもらいました」

「左兵衛さんと塗物師《ぬりものし》の政次が会いに来たはずだが」

「来ました。勘当を解くから帰って来いって言うんでね。後家さんに別れ話をしたら、さんざん泣かれ、手こずりましたが、なんとかなだめて『白河屋』に戻ったんですよ」

「政次は、あんたに会いに行ったことを隠していた」

「『白河屋』の跡継ぎが、そんな暮しをしていたってことを隠しておきたかったのでしょう」

「その後家の名は？」

「会いに行くつもりですかえ」

「あんたの言い分だけじゃわからねえ」

「掃部宿に住むおすみですよ。履物屋《はきものや》のかみさんでした。まあ、話を聞いてみてくださいな」

「どうだえ、いっしょに行かないか。そうすれば、俺の疑いもきれいさっぱりなくなる。ここからなら、千住宿まですぐだ」

「おすみに会うのもつらいことだが」

左吉は戸惑《とまど》いを見せたが、

「いいでしょう」

と、笑《え》みを浮かべた。

千住大橋を渡った掃部宿の路地を入ったところにある一軒家がおすみの家らしい。

「ここか」

孝助は確かめてから、格子戸《こうしど》に手をかけた。が、開かなかった。

「留守《るす》か」

孝助が呟《つぶや》く。

「留守とは思えないが」

左吉が戸を叩《たた》いた。

「左吉じゃねえか」

後ろで声がした。

振り返ると、半纏《はんてん》姿の男が立っていた。仕事師のようだ。

「あっ、親方」

「おすみさんのところか」

「ああ、留守らしい」

「おめえが出て行ってから、誰も姿を見た者はいねえ」

「じゃあ、あのまま帰ってないのか」

「そうだ。おめえが出て行くっていうんでだいぶ悄気《しょげ》ていたからな。心配しているんだが、いまだに消息はわからねえ」

「おすみさん、いなくなってどのくらい経《た》つんですかえ」

孝助が口を入れた。

「おまえさんは？」

「あっしは文蔵親分の手の者です」

「文蔵親分の？　じゃあ、おすみさんがいなくなったことで何か」

「いえ。左吉さんが世話になっていたというおすみさんにお会いしにきたんです。まさか、いなくなっているなんて、知りませんでした」

「おすみさん、まさか、新しい男でも出来たんじゃないのかな」

左吉が口許《くちもと》を歪《ゆが》めたが、それが嘲笑《ちょうしょう》のように思えた。冷え冷えとした思いで、孝助は左吉の横顔を見ていた。

二

翌日の朝、峰吉が『樽屋』にやって来た。

「また、親分が呼んでいるのか」

孝助はうんざりしてきく。

「そうじゃねえ。左衛門河岸の死体の身許がわかったんだ。ゆうべ、亮吉兄《あに》いが話していた」

「そうか。わかったのか」

左吉は本物だったのだ。左衛門河岸の死体は関係なかった。

「亀戸天満宮界隈《かめいどてんまんぐうかいわい》を遊び回っていた男で、兄貴分の女に手を出して懲《こ》らしめられたそうだ。今朝、下手人《げしゅにん》の捕縛に、丹羽の旦那といっしょに向かった」

「おめえはいいのか」

「邪魔だって、亮吉兄いに言われた」

「おめえ、俺の世話を焼くから亮吉兄いに嫌われたんじゃないのか」

「そうかな」

「そうだ。俺に構わないほうがいい」

「別に嫌われてもいいさ。亮吉兄い、孝助さんに嫉妬《しっと》しているんだ。だって、孝助さんが来るようになって、親分は何かと孝助さんを頼りにしているからな」

「そんなことはねえ。『白河屋』のことだって、こっぴどく叱られたぜ」

「でも、それだけで済んだじゃねえか。ふつうだったら、追い出されているぜ」

「そうかな」

「そうだ。だから、亮吉兄いは孝助さんと張り合うんだ。亮吉兄いは岡《おか》っ引《ぴ》きになりたいんだからな」

「そのようだな」

「孝助さんも岡っ引きになりてえのか」

「いや、俺はそこまで考えちゃいねえ」

文蔵に取り入って、秘密を嗅《か》ぎ出したいだけだとは言えない。

「じゃあ、俺は帰る。いつ、親分が戻ってくるかもしれないからな」

「すまなかったな」

孝助は峰吉を見送ったあと、同じ町内の太郎兵衛店《たろべえだな》に住んでいる十郎太《じゅうろうた》を訪ねた。

十郎太は長屋にいた。

「どうした、元気ないな」

孝助の顔を見て言う。

「手詰まりだ。左吉は本物だった」

「本物？」

「そうだ。左吉は千住宿でおすみという女といっしょに暮らしていたそうだ」

左吉がわざわざ会いにきた話をした。

「左衛門河岸で見つかった男の身許もわかった。本物の左吉ではないかと思っていたが、とんだ見当違いだった」

「しかし、そなたは霊巌寺裏で狙《ねら》われたではないか」

「左吉のことを調べられるのがいやだったのではなく、白い粉のことを知っている俺が邪魔だったんだろう」

「白い粉はなにかわからないのだな」

「わからずじまいだ」

孝助は口惜《くや》しくなって、

「左兵衛は単なる発作ではない。必ず、何かあるはずなのだ。それを明らかにするのがあの白い粉だ。だが、今さら、正体を突き止められない」

「あのごろつきを雇ったのは誰か見当がついているのか」

「『白河屋』の内儀のおしまが左兵衛の後添いになる前につきあっていた平蔵《へいぞう》という男がいる。おしまの差し金だとしたら、平蔵が雇ったのかもしれない。平蔵に会って確かめるつもりだ」

「妙だな」

「何がだ？」

「左兵衛が殺されたのだとしたら、誰が殺したのだ？」

「内儀のおしまと番頭の沢太郎、そして政次……」

そこまで言って、孝助ははっとした。左吉も仲間だとしたら実の父親を殺したことになる。

左吉は仲間ではないのか。

「左吉のことを知っているのは仕事師の親方か」

「そうだが」

「おすみという女が行方《ゆくえ》不明なのが気になる」

「そうだな。調べてみるか」

「そのほうがいい」

そのとき、腰高障子《こしだかしょうじ》がいきなり開いて、色っぽい女が顔を出した。

「あら、お客さん」

おぎんだ。掏摸《すり》らしい。

「いま、引き上げますよ」

「おい、まだ話は終わってない」

「先に平蔵に会ってきます。それまで、お楽しみを」

「おい。そんなのではない」

十郎太があわてて引き止める。

「どうぞ、ごゆるりと」

「はい」

孝助はおぎんに挨拶《あいさつ》をして外に出た。

おぎんは十郎太にぞっこんらしい。十郎太も満更《まんざら》ではなさそうに思えるが、俺の口出しすることではないと、孝助は思った。

一刻（二時間）余り後、孝助は妻恋町にやって来た。

伝兵衛《でんべえ》店《だな》の大家《おおや》の家に行く。

「大家さん。文蔵親分の手の者です。平蔵さんの行方はわかりましたかえ」

「わかった」

「どちらに？」

「明神下《みょうじんした》だ」

「明神下？　深川のほうだって仰っていませんでしたか」

「何かしでかしていたらまずいと思って出鱈目《でたらめ》を言ったんだ」

大家はすました顔で言う。

「明神下のどこですか」

「平蔵は今はまっとうにやっているんだ」

「別に疑っているわけじゃありませんから」

「そうか。『家宝堂《かほうどう》』っていう古道具屋をやっている。話はつけてあるから、いつ行っても大丈夫だ」

「わかりました。これから行ってみます」

孝助は大家の家を出てから妻恋坂を下り、明神下へとやって来た。

この先が神田《かんだ》明神で、たくさんのひとが歩いて行く。左右を見ながら歩いて、目指す店はすぐわかった。

『家宝堂』は間口《まぐち》も狭く、小さな店だった。

「ごめんください」

店番の男に声をかける。二十八、九歳の男だ。女将《おかみ》から聞いた印象とだいぶ違って

おとなしそうな顔立ちだ。

「平蔵さんですか」

孝助はきいた。

「あっしは文蔵親分の手下で、孝助って言います」

「伝兵衛店の大家さんから聞きました」

「おしまさんのことです。『白河屋』の後添いに入る前、あなたはおしまさんとは好き合っていたそうですね」

「ええ……」

「その後、おしまさんとは？」

「会っていません。『白河屋』の旦那との約束ですから」

「『白河屋』の旦那からお金を？」

「ええ。もう一切、おしまとは関わらないと約束をした上で、お金をいただきました。それを元手に、この店をはじめたんです」

この男は襲撃《しゅうげき》には関係ない。そう思った。

「おしまさんもあなたと別れるのは辛《つら》かったんでしょうね」

「…………」

「何か」

「おしまは意外とさばさばとしていました。おしまは裕福《ゆうふく》な暮しに憧《あこが》れていましたからね。別れ話も、おしまのほうから切り出されました。後添いになるといい、その代わり、旦那に手切れ金を出させるからって」

「それで、『白河屋』の旦那がお金を出したのですか」

「そうです」

ちょっと負い目を感じたように、平蔵は目を伏せた。

「『白河屋』の旦那が亡くなったのを知っていますか」

「ええ。風の便りに聞きました」

「そのとき、おしまさんから何か言ってきたんですかえ」

「いえ。何も」

平蔵は嘘をついてはいないようだ。

背後にひとの気配がした。

「お帰り」

平蔵は孝助の後ろに向かって言う。

「いらっしゃいまし」

若い女が孝助に会釈《えしやく》をして平蔵のもとに行く。

「いま、支度しますね」

女は平蔵に言い、奥に向かった。

「女房です」

「そうですか」

平蔵からは翳《かげ》のようなものはまったく感じられなかった。

あんな男といっしょではおしまはだめになってしまうと言っていたのは、左兵衛が勝手に言っていたことらしい。

「おしまさんに何か疑いが？」

平蔵が声をひそめてきいた。

「いえ、そうじゃありません。でも、どうして、そう思うのですか」

「いえ、別に……」

「なんでもいいですから、何か気になることがあったら話していただけませんか」

「いえ。こんなことはげすの勘繰《かんぐ》りでしかありませんから」

「それでも構いません。気がついたことを教えてください」

「『白河屋』の旦那とは、ずいぶん歳《とし》が離れています。おしまがいつまで我慢出来るかと最初から不安を持っていました。だから、旦那が亡くなったと聞いたとき、おしまは悲しんでいないだろうと思っていましたから、同情する気はありませんでした」

「おしまさんはそういう人間なんですか」

「世間は……」

平蔵は言いよどんだが、

「『白河屋』の旦那がおしまを金で口説き落としたと思っているようですが、ほんとうはおしまのほうが旦那に迫ったんですよ」

平蔵は唇を嚙《か》んだ。

平蔵はおしまのことがほんとうに好きだったのかもしれない。

「最後に、ひとつ」

「はい」

「おしまさんは金で自由に動くごろつきを知っていると思いますか」

「ごろつきですって。いえ、そんな連中とのつきあいはありませんでした。金で動く人間は信用出来ないと言っていましたから」

「そうですか。わかりました」

礼を言い、孝助は平蔵の店を辞去した。

これで、霊巌寺裏で襲ってきた連中との関わりがある人間は誰もいなくなった。おしまでもなく、政次でもない。

左吉が偽者だった場合にはごろつきとの関わりが考えられたが、本物だとわかった今は左吉が命じたとは……。

そこまで考えて、はっとした。本物の左吉だからごろつきとの関わりは考えられないとは言い切れない。

左吉は後家の世話を受けて暮らしてきた人間だ。決してまっとうに過ごしてきたわけではない。

左兵衛はほんとうに勘当を解き、左吉を『白河屋』に呼び戻そうとしたのだろうか。実際は、後家の世話を受けて暮らしてきた佐吉を許していなかったのではないか。そんな人間に『白河屋』を託せないと思っていたのではないか。

やはり、千住宿での左吉の暮らしぶりを調べてみる必要がある。孝助は急いで帰途《きと》についた。

西の空が茜色《あかね》に染まっている。

孝助と十郎太は千住宿にやってきた。まず、左吉が暮らしていた後家のおすみの家に行き、いまだに本人が帰っていないことを確かめてから、仕事師の家に行った。

広い土間に、鳶《とび》の道具がたくさん並んでいる。

「親方にお会いしたいんですが」

若い男に、孝助は頼んだ。

「どちらさまで」

若い男は孝助と十郎太の顔を交互に見て、

「おかみの御用を預る文蔵の手下で、孝助と言いやす」

「少々、お待ちを」

男は奥に引っ込んだ。

待つほどのこともなく、親方が現われた。

「ああ、おまえさんだったか」

「はい。こちらは、いろいろ手助けをしてもらっている越野《こしの》十郎太さんです。左吉さんとおすみさんのことでいろいろお伺いしたいことがあるのですが」

「そうか。まあ、上がってくれ」

親方は客間に通してくれた。

「左吉さんとは前からの知り合いだったんですか」

孝助は切り出す。

「いや。三年前、ここにいきなり現われ、使ってくれと言ってきた。一年ばかりいて、おすみと親しくなり、おすみの亭主が死んだあと、うちをやめ、おすみの家にもぐり込んだ。もともと怠け者《なまもの》で、うちにいてもあまり役に立たなかった」

「『白河屋』の倅だということは知っていたんですかえ」

「いや、知らなかった」

「おすみの亭主はなんで死んだんです？」

十郎太がきいた。

「酔《よ》っぱらって、大川にはまったんだ」

「事故だったんですかえ」

「そうだ」

「亭主が生きているときから、左吉はおすみと出来ていたんですかえ」

「本人は違うと言っているが、おそらく出来ていたんだろう」

「おすみと亭主の夫婦仲はどうだったんですか」

「おすみの亭主は酒呑みで嫉妬深い男だった。女にもだらしなく、亭主が死んでも、おすみはあまり悲しんでいないようだった」

「そんな亭主が大川にはまって死んだのに、あっさり事故だとして片づけられたんですかえ。どこか、不審《ふしん》な点はなかったんですかえ」

「見ていた人間がいたからな」

「誰なんです？」

「浪人が大川にひとが落ちたって宿役人《しゅくやくにん》に知らせた」

「浪人の名はわかりますかえ」

「いや、わからねえな」

首を振ってから、

「何かえ、亭主の死に不審があるというのか」

と、親方はむきになった。

「いえ、そうじゃありませんが……。おすみの亭主はどうして酔っぱらっているのに大川のほうに行ったんでしょう？」

「さあな」

「ところで、今度はおすみが行方不明なんですね」

「そうだ。どこに行ったのかまったくわからねえ」

「左吉さんが『白河屋』に帰ったあと、姿を晦《くら》ましているんですね」

「そうだ。『白河屋』まで左吉に会いに行き、その帰りに事件に巻き込まれたのかもしれねえ」

「また左吉絡《がら》みだな」

十郎太が呟く。

「どういうことですかえ」

「おすみは左吉と別れたくなかったはずだ。左吉の別れ話におすみは逆上したのではないか」

「お侍さま。まさか、左吉のことを疑っているんじゃないでしょうね」

「そうは思わぬか」

十郎太は逆にきき、

「おすみは歳下の左吉に夢中になった。そうなると、邪魔なのは呑んだくれの亭主だ。左吉にしてもおすみを自分に惹《ひ》きつけておけば金に不自由はしまい。あるいは、ふたりの仲を亭主に疑われたのかもしれない」

と、左吉への疑いを述べた。

「もし、そうなら、おすみの失踪《しっそう》も左吉が絡んでいるとみていい。左吉から別れ話を持ちだされたおすみは、別れるなら亭主殺しを打ち明けると威《おど》したのではないか。『白河屋』に帰る左吉にとって、おすみは大きな障害だ」

「……………」

親方は言葉を失っている。

「親方」

孝助は呼びかけ、

「いずれにしろ、おすみさんは殺されているかもしれませんぜ」

と、訴える。

「信じられねえ」

親方は呆然《ぼうぜん》という。

「亭主殺しもおすみの失踪も、左吉ひとりでやったとは思えぬ。手伝った仲間がいるはずだ。あの連中だ」

十郎太は孝助に顔を向けた。

「霊巌寺裏の……。そういえば、最初に千住宿にやって来たとき、誰かに見つめられているような感じがした。ひょっとしたら、あの連中の誰かが見ていたのかもしれない」

「すでに左吉の指示で、この地を離れているかもしれんな。親方。最近、この地からいなくなった浪人と四人のごろつきがいるはずだ。その連中を探り出してはくれぬか」

「親方。お願いします」

「わかった。うちの連中に調べさせてみよう」

「お願いします」

そう言い、親方の家を辞去し、来た道を戻りながら、

「左吉が実の父親を殺す理由がわからなかった。だが、左兵衛は、左吉のいかがわしさに気づいたのだとしたら」

孝助が呟くと、十郎太がすぐ引き取り、

「左吉との別れを阻止《そし》するために、おすみが左兵衛に洗いざらい打ち明けたとも考えられる。だとしたら、勘当を解くことはあり得ない」

と、応じた。

「だから、左兵衛を殺さねばならなかったのだ」

孝助は真相に近づいたと思ったとき、またも大きな壁が邪魔をした。左兵衛は、喘息の発作で息を引き取ったのだ。

そこにひとの力がどう加わっているのか。そこをはっきりさせなければ、これまでの想像はすべて霧消《むしょう》する。

孝助はふと作次のことを思いだした。あの男は何か知っている。そんな気がした。いつ帰るのだと、左吉は作次を待ちわびた。

三

数日後の昼下がり、千住宿の仕事師の親方から使いが来て、孝助は親方の家に急いだ。

先日と同じ客間に通されて、差し向かいになってから、親方が切り出した。

「最近、この宿場から姿を消した男がわかった。問屋場《といやば》で荷役《にやく》をしている安蔵《やすぞう》、嘉吉《かきち》、甚助《じんすけ》、三太《さんた》の四人、それに用心棒のようなことをやっている橋田恭三郎《はしだきょうさぶろう》という浪人の姿が見えないそうだ」

「人数はぴったり合います」

人相も、霊巌寺裏で襲《おそ》ってきた連中に似ている。

「安蔵と嘉吉は、左吉とは呑み屋でよくいっしょになり、仲がよかったそうだ」

ますます、間違いないように思えた。

「それから」

親方は難しい顔をして、

「おすみの亭主が大川に落ちるのを見ていたのが橋田恭三郎だった」

「そうですか」

「おまえさんたちの想像が当たっているのかもしれねえな」

「間違いないと思います。おすみさんは殺されてどこかに埋《う》められているんじゃないでしょうか」

「うむ」

親方は唸《うな》った。

「おすみの家の中に入ってみたのでしょうか」

「宿役人が入った。だが、行く場所の手掛《てが》かりになるようなものはなかったそうだ」

「連中がどこにいるかわからないのですね」

「わからない」

「わかりました。左吉にきいてみましょう」

「左吉はとぼけるだけだ」

「でも、威しになります。そうすれば、何かでぼろを出すかもしれません」

「そうだな。いま、宿役人がおすみを最後に見た人間を探している。だが、おすみの行方を見つけるのは難しいだろうな」

「おすみがいなくなった頃の安蔵、嘉吉、甚助、三太の動きを調べてみたらいかがでしょうか」

「わかった。そう伝えておこう」

千住宿から右頬《みぎほお》に西陽《にしび》を受けながら、孝助は仕置場《しおきば》の前を通り、山谷《さんや》を抜けて浅草聖天町に戻った。

いったん、『樽屋』に戻ってから、暗くなって再び出かけた。

東仲町《ひがしなかちょう》の文蔵の家に行く。迎えに出てきた峰吉が、

「亮吉兄いも来ている」

と、注意をした。

「わかった。心配ない」

そう言い、孝助は居間に行った。

「親分。お邪魔します」

長火鉢《ながひばち》の前にでんと座っている文蔵に挨拶をし、空いている場所に腰を下ろした。

「親分の顔に泥を塗っておいて、よく面を出せたな」

亮吉がさっそく厭味《いやみ》を言った。

「へい。その汚名《おめい》をすすぎたくて、いま動き回っているところでございます」

孝助は文蔵を見て言う。

「勝手に動き回っているのか」

文蔵が顔をしかめた。

「へい。なんとか親分に手柄《てがら》を立てていただきたいと思いまして」

「ちっ。おべんちゃら言いやがって」

亮吉が吐き捨てる。

「親分。聞いてくだせえ」

亮吉を無視して、文蔵を見つめる。

「いいだろう。話してみな」

文蔵は冷たい目を向けた。

「へい」

孝助は許しを得て、喋《しゃべ》りだす。注意して話さないと、途中で烈火《れっか》のごとくに怒りを買うかもしれない。

「千住宿の掃部宿で、つい先日から、履物屋のおすみという後家が行方不明になっています。おすみの亭主は三年前、酔っぱらって大川にはまって死んでました」

「…………」

「親分。大川にはまったのは事故じゃねえ。殺されたんだ」

「殺された？」

「へえ。おすみもすでに殺されているんじゃないかと」

「おい、孝助」

亮吉が口をはさむ。

「てめえ、左衛門河岸の死体の件でみそをつけたばかしじゃねえか。また、いい加減な話を拾ってきやがって」

「親分。最後まで話を聞いてください」

孝助は頼んだ。

「亮吉、黙っていな」

「へい」

亮吉は不服そうに引き下がった。

「おすみには亭主が生きている頃《ころ》から歳下の情人がおりました。その情人が『白河屋』の左吉です」

「なに、『白河屋』だと。てめえ、まだ『白河屋』に……」

「親分。聞いてくださいな」

孝助は懸命《けんめい》に訴える。

「亭主が死んだあと、左吉は後家のおすみの家でいっしょに暮らしていたんです。そして、最近になって、左吉は勘当が解けて『白河屋』に帰ることになりました。ところが、おすみは別れ話に逆上したようです」

「おめえは何が言いたいんだ？　亭主殺しとおすみの失踪に左吉が関わっていると言いたいのか」

「はい」

亮吉が何か言いたそうに口を開きかけたが、その前に文蔵が癇癪《かんしゃく》を起した。

「やい、孝助。てめえって奴《やつ》は……」

「親分。待ってくれ。もし、あっしの言うことが信じられなければ、千住宿に行って話を聞いてくれ」

「孝助。てめえ、よほど『白河屋』に恨みがあるようだな」

「そうじゃねえ。おそらく、おすみは殺されてどこかに埋められているはずだ。いずれ、死体は見つかる。すでに、宿役人たちは調べはじめているんですぜ。このまま手をこまねいていたら、手柄は持っていかれてしまう。あっしは親分に手柄を立ててもらいたい一心で動き回っているんです」

「………」

「親分。左吉が『白河屋』に戻ったあと、問屋場の荷役をしていた安蔵、嘉吉、甚助、三太の四人が千住宿から姿を消しているんです。そのうちの安蔵、嘉吉は左吉と仲がよかったそうです。それから用心棒のようなことをやっていた橋田恭三郎という浪人も消えています。この浪人は、おすみの亭主が川にはまったのを見ていたと訴え出た男です」

「孝助。間違いねえのか」

「はい。今度こそ」

「亮吉、源太」

文蔵はふたりに目をやり、

「明日、千住宿に行って確かめて来い」

「でも」

亮吉が渋った。

「こいつの言うことを単純に信じたらろくなことになりませんぜ」

「亮吉兄い」

峰吉が口を入れた。

「もし、ほんとうだったらどうするんですかえ。あっしたちは出遅れてしまいませんかえ。こっちが下手人を上げる好機を逃がしてしまいませんかえ」

「峰吉、てめえ」

亮吉が顔色を変えた。

「峰吉の言うとおりだ。いいか、明日、千住宿に行ってくるんだ。いいな」

「へい」

亮吉は渋々のように答えた。

「親分。これから、政次のところに行ってきたいんですが。この件でどう答えるかによって、政次がどこまで知っているか推《お》し量《はか》ることが出来ます」

文蔵が何か言い返す前に、

「これは左兵衛の死に絡むことではありません。千住宿で起きたことの探索《たんさく》です。

『白河屋』とは関わりないことです」

「よし。いいだろう」

「では、これから行ってきます」

「よし。明日の昼、ここに集まるんだ。いいな」

文蔵は降って湧《わ》いたような新たな事件に、戸惑いといらだちを隠せないようだった。


孝助は茅町一丁目の政次の家に行った。

仕事を終え、政次は酒を呑んでいたらしく、目の縁《ふち》を赤く染めた顔で出てきた。

「また、おまえさんか。もうよけいな真似はさせないと言っていたが、文蔵親分の言葉は嘘だったのか」

「嘘じゃねえ。今夜は『白河屋』の件で来たんじゃありませんぜ。千住宿のおすみって後家のことでやってきたんでさ」

「………」

政次の顔色が変わった。

「おすみさんをご存じですね」

「知るわけはない」

「左吉さんが世話になっていた女ですよ。左吉さんがそう言ってましたぜ」

「………」

「おすみの亭主が死んで、左吉さんはおすみの家に入り込んだ。おすみは小金を持っていたようですからね」

「何が言いたいんだ?」

「おすみは今、行方知れずになっているそうです。どこにいるんでしょうかねえ」

「そんなこと、俺が知るわけはねえ」

「左吉さんなら知っているんじゃねえですかえ」

「そんなことない」

「どうして、そう思うんですかえ。おすみは左吉さんと別れたくなかったそうじゃないですか。きっと、別れないと言い張り、左吉さんを困らせたんじゃないですかえ」

「勝手な想像だ。話し合いの末に穏《おだ》やかに別れたと、俺は聞いている」

「誰とですね」

「おすみだ」

「さっき、おすみのことは知らないと仰いましたが」

「おすみという名は知らない。ただ、いっしょに暮らしていた女のことは知っている」

「『多幸庵』で、左兵衛さんが発作を起したとき、あなたは左兵衛さんに付添い、左吉さんに会いに行ったんですね。このことは、左吉さんが認めましたよ」

「そうだ」

「じゃあ、おすみにも会っているんですね」

「女はいたようだ」

「左兵衛さんは、おすみから重大な秘密を聞かされたんじゃありませんかえ」

「重大な秘密？　そんなもの、あるはずない」

「おすみの亭主が死んだことですよ。これは想像ですがね、おすみは別れるなら、亭主がどうして死んだか喋ってやると言ったんじゃないですかねえ」

「………」

「左兵衛さんは、おすみの話を聞いてどうしたんでしょう。その話が本当なら、左吉さんを『白河屋』に迎えることは出来まいと考えたんじゃないですかえ」

「何言っているのかわからない」

「では、はっきり言いましょう。左吉さんはおすみと手を組んでおすみの亭主を殺している。そのことを出しに、おすみは左吉さんを引き止めようとしたんです。その企《たくら》みはまんまと成功した。左兵衛さんはおすみの訴えを聞いて、勘当を解くことを取りやめたんです。違いますか」

「違う。勘当を許し、『白河屋』に迎え入れることにしたのだ」

「ひとを殺したかもしれない人間を跡取りにしたっていうんですかえ」

「…………」

政次の顔は青ざめていた。酔いもすっかり飛んでしまったようだ。

「もし、勘当が取りやめになったとしたら、妙ですぜ。どうして、左兵衛が死んだあと、左吉さんが『白河屋』に乗りこんできたんですね」

「だから、勘当が許されたからだ」

「もし、左兵衛さんが生きていたら、『白河屋』に戻ってこられなかったんじゃないですか」

「おすみという女の亭主が死んだのが左吉さんの仕業《しわざ》だと、どうして言えるのだ？」

「大川にはまったのを見ていたのが橋田恭三郎という浪人です。その浪人が最近、千住宿から姿を消しています。それから、安蔵、嘉吉、甚助、三太の四人も千住宿から姿を消している。なぜ、姿を消したのか。どうも、おすみの失踪と関わりがあるようです。左吉さんにきいてみたらいかがですか」

「………」

「そうそう、あっしは霊巌寺裏に誘《おび》き出され、襲われました。襲ったのは今話した連中ですよ。その連中を見つけたら、すべて明らかになるでしょう。じゃあ、夜分にお邪魔しました」

十分に威しの効き目があったことに満足して、孝助は政次の家をあとにした。そして、再び、文蔵の家に寄った。

すでに、亮吉たちは引き上げていた。

「親分。政次は今夜か明日の朝にも左吉に安蔵たちが目をつけられたと知らせに行くと思います。さらに、左吉は安蔵たちに知らせに行くと思います。で、明日の早朝から『白河屋』を見張り、左吉のあとをつけたいんです。あっしは顔を知られている。峰吉に尾行を頼みたいんですが」

「親分、やらせてくれ」

峰吉が身を乗り出して言う。

「よし、いいだろう」

「へい」

峰吉は孝助に顔を向け、

「任しておいてくれ」

と、うれしそうに言う。


翌日の早朝、孝助と峰吉は『白河屋』を見通せる場所に立った。まだ、小僧たちが店の前を掃除していて、大戸が開くまで間があった。

近くの鳥越神社《とりごえじんじゃ》には朝早くからお参りするひとがかなりいた。

「来た」

孝助は路地から覗《のぞ》き、政次が『白河屋』に向かうのを見ていた。

政次が出て来たのは四半刻《しはんとき》(三十分)後だ。政次は厳しい顔で引き上げて行く。

だが、半刻(一時間)後に大戸が開き、大きな暖簾《のれん》がかけられても、左吉が出てくる気配はなかった。

すぐに安蔵たちのところに向かうと思ったが、当てが外れた。

昼近くなっても、左吉は出て来なかった。

(夜か)

用心して、夜に動くつもりかもしれない。

「親分のところに行ってくる。ひとりでだいじょうぶか」

「任してくれ」

「よし、頼んだ」

孝助は新堀川《しんぼりがわ》沿いを急ぎ、東仲町にある文蔵の家に向かった。

文蔵の家に行くと、すでに亮吉や源太が来ていたが、同心の丹羽溜一郎《りゅういちろう》の姿があったので目を見張った。

「旦那。どうも、ご無沙汰《ぶさた》しております」

孝助はあわてて挨拶をした。

「孝助。相変わらず、動き回っているようだな」

「まあ」

「文蔵から聞いたが、千住宿で何か起っているらしいな」

「へえ。『白河屋』の左吉のことを調べていて、わかりました」

「そうか」

「孝助。おめえの言うとおりだったぜ」

亮吉が憤然として言う。

「そうでしたか」

「左吉はおすみの情人だったそうだ。亭主が生きているときから情を通じ合っていたらしいな。亭主が死んで、おすみの家に入《い》り浸《びた》ったそうだ。おめえが言うように、亭主は大川にはまって死んだ。左吉とおすみが殺《や》ったのではないかという噂もあったが、川に落ちるのを橋田恭三郎という浪人が見ていたので、事故ということになったそうだ」

「当時も、そんな噂があったんですね」

「そうらしい。それから、おすみって女の行方もわからない」

「残念ながら、すでに殺されていると思います」

「橋田恭三郎という浪人は最近、千住宿から姿を消している。それから、安蔵、嘉吉、甚助、三太の四人もいなくなった。この連中が何かを知っているかもしれないと、宿役人が言っていた」

「この連中はどこにいるのか」

溜一郎がきく。

「ほとぼりが冷めるまで、左吉がどこかに隠しているんでしょう。きのう、政次に威しをかけたところ、今朝、政次が『白河屋』に駆《か》け込みました。まだ、左吉は動いていません。ですが、必ず安蔵たちのところに行くはずです」

「よし。俺が左吉を見張ろう。孝助は面《めん》が割れているんだ。俺と源太でやる」

亮吉が勢い込んで言う。孝助と張り合おうとしていることが見え見えだ。

「安蔵たちの顔はわかるのか」

溜一郎がきく。

「それぞれの顔の特徴《とくちょう》は聞いてきました」

亮吉が答える。

「さすがだ、亮吉」

文蔵が褒め、

「じゃあ、これから峰吉のところに行け」

「へい」

亮吉は立ち上がった。

「源太。行くぜ」

亮吉と源太が部屋を飛びだして行った。

「『白河屋』の左兵衛はどうなんだ？」

溜一郎がきくと、文蔵が孝助を睨《にら》みすえた。『白河屋』との取り引きにふれるなという威しに違いない。

「喘息の発作を起したのでしょうが、なぜ、発作が起きたのかわかりません。今は、左吉ひとりに絞って探索を進めるしかありません」

孝助の答えを、文蔵はほっとしたように聞いていた。

四

地本問屋《じほんどいや》『丸見堂《まるみどう》』の番頭がやって来て、品評会について話した。

「場所は、池之端仲町《いけのはたなかちょう》にある『桔梗屋《ききょうや》』という蕎麦屋で執り行《おこな》います」

「『桔梗屋』ですって」

与吉《よきち》は思わずきき返した。

「はい。そこは店も広く、麺板《めんいた》もたくさんあり、一度に十人の職人が蕎麦を打つことが出来ますので」

「『桔梗屋』は私が修業《しゅぎょう》した蕎麦屋です」

「そうですか。残念ながら、『桔梗屋』さんは場所を貸していただくだけで、品評会には参加出来ませんでしたが」

『桔梗屋』は蕎麦の質を落として利を求めるという考え方であり、うまい蕎麦を追い求める与吉の考えと食い違っていた。

『桔梗屋』の主人又五郎は、品評会に与吉が参加したことをどう思うだろうか。厭味《いやみ》のひとつでも言うだけですめばいいが……。なんとなく気が重くなった。

「どうしましたか」

番頭が訝《いぶか》ってきいた。

「いえ、なんでもありません」

「蒸籠《せいろ》はどの蕎麦屋さんにも作っていただきます。あとはその店一番の売り物の蕎麦を作っていただくことになります」

「わかりました」

与吉は答えてから、

「ちなみに、他にどのようなお蕎麦屋さんが参加なさるのですか」

「日本橋本町《にほんばしほんちょう》にある『尾張屋《おわりや》』さん、両国回向院《りょうごくえこういん》前の『恵比寿屋《えびすや》』さん、芝神明町《しばしんめいちょう》の『伊勢屋《いせや》』さん……」

名だたる蕎麦屋ばかりだ。

「そんなところに私のとこが加わっていいんですかえ」

与吉は臆《おく》した。

「もちろんです。あくまでも、味で決めているわけですから。どうぞ、自信を持って臨《のぞ》んでください」

「わかりました」

与吉はため息に気づかれないように答えた。

「では、また、参ります」

『丸見堂』の番頭が引き上げた。

「おまち、聞いたか。錚々《そうそう》たる蕎麦屋ばかりだ。こんな吹けば飛ぶようなうちの店が参加していいものか」

「いいんですよ。選ばれたんだもの」

「そうだな。だが、場所が『桔梗屋』だというから、旦那に何か言われるかもしれないな。厭味を言われるくらいならいいが……」

「何を心配しているのさ」

「俺は生意気なことを言って店を飛びだしたんだ。きっと面白《おもしろ》く思っていないだろうからな」

「何言われてもいいじゃない。味で勝負よ」

「そうだな。よし、頑張《がんば》る」

与吉は改めて覚悟を固めた。

「いらっしゃい。あっ」

おまちが戸口を見て息を呑んだ。

与吉もあっと声を上げた。

作次《さくじ》だ。作次がよたよたとした足取りで縁台《えんだい》に座った。

「蒸籠だ」

いつものように不機嫌そうに、作次は言う。

与吉は今まで幾《いく》つかの産地の蕎麦粉をためしてみたが、信州更級《しんしゅうさらしな》の蕎麦粉を使い、つなぎの小麦粉を混ぜずに、生粉打《きこう》ち蕎麦を作り上げた。

捏《こ》ねる際のお湯の加減、手で満遍なく伸ばす力の加減など、何度もの失敗を繰り返してようやくつなぎを用いず蕎麦を打てるようになった。

また、蕎麦汁《つゆ》も鰹《かつお》出しと醬油《しょうゆ》を基本に、生粉蕎麦にもっとも合う汁《つゆ》を作り上げた。

与吉は真剣勝負に臨む心意気で、自らの手で蒸籠を運んだ。

「どうぞ」

作次は黙って箸《はし》を摑《つか》む。そして、箸を持ったまま、蕎麦を見ている。すぐには食べようとしない。いつものことだ。

与吉は板場の柱の陰から様子を窺《うかが》う。

作次がようやく蕎麦をつまんだ。汁につけ、すすった。が、一口すすっただけで、次を食べようとしない。

心《しん》の臓《ぞう》の鼓動が激しくなる。やっと、次に行った。また、箸を止めた。なかなか、進まない。

やはり、気に入らないようだ。与吉はがっくりした。もう見ていられなかった。板場の壁によりかかった。全身から力が抜けていくようだ。

「おまえさん」

おまちが呼びに来た。

「ちょっと見て」

「なんだ？」

「いいから、早く」

おまちに言われ、作次に目を向けた。

作次は矢継ぎ早《ばや》に蕎麦をつまんでは汁に浸《ひた》してすすっている。与吉には信じられない光景だった。

「食べた。全部、食べた」

与吉は声が震《ふる》えた。

「蕎麦湯をくれ」

作次が声をあげた。

「はい、ただいま」

作次が蕎麦湯を呑むことはかつてなかった。おまちがあわてて湯桶《ゆとう》を運んだ。

作次は蕎麦湯を味わうように飲んでいる。与吉は夢を見ているような心地だった。

いつも半分しか食べなかった作次がきょうはゆっくり蕎麦湯を飲んでいるのだ。

作次がおまちに何か言っている。

おまちがやって来た。

「おまえさんを呼んでくれって」

「わかった」

与吉は緊張して作次のそばに立った。

「お呼びでございますか」

「蕎麦、上等だ。うまかったぜ。俺が若かったら、もう一枚食いたいところだ」

「ありがとうございます」

与吉は思わず笑み漏らした。

「だが、もっとうまくなるはずだ」

「もっと……」

「いや、よけいなことを言った。気にするな」

「はい」

「孝助って男に会いたいんだが、どこに行けば会える？」

「この並びに、『樽屋』という一膳飯屋があります。そこにおります」

「わかった」

作次は立ち上がり、十六文を出した。

「もっと出してもいいくらいだった」

「ありがとうございます」

作次は店を出て行った。


孝助は文蔵の家から『樽屋』に向かった。亮吉と源太が左吉の見張りを買って出たので、孝助は引き下がった。

亮吉といっしょに動いたら、きっと揉《も》め事《ごと》のもとになる。へたをして、安蔵たちを逃しかねない。

目の前に『多幸庵』が見えてきた。急に、蕎麦が食いたくなって、そこに向かいかけたとき、孝助はあっと声を上げた。

なんと、『多幸庵』から作次が出て来たのだ。

「作次さん」

孝助は声をかけた。

「おう、孝助さんだったな。今、おまえさんのところに行こうとしていたところだ」

「何か」

「わかったぜ。左兵衛さんが発作を起したわけが」

「ほんとうですかえ」

「ここじゃ話は出来ねえ。どっかひとの耳がないところで」

「聖天様でいいですかえ」

「ああ」

孝助は作次を聖天宮の境内に連れて行き、人気のない拝殿の横手で向かい合った。

「教えてください。左兵衛さんが発作を起したわけを」

「蕎麦だ」

「蕎麦？」

「そうだ。ごく稀《まれ》に、体が蕎麦を受け付けない人間がいるそうだ。左兵衛さんもそのひとりだったに違いない」

「そんなひとがいるんですか」

「いる」

孝助は俄《にわ》かには信じられなかった。蕎麦を食べて、発作を起すなんて考えられない。

「どうして、わかったんですか」

「俺は十年前まで、信州善光寺《ぜんこうじ》前で蕎麦屋をやっていたんだ」

「なるほど。それで味にはうるさかったんですね」

「あるとき、善光寺参りの客がうちの店に入った。そこで、蕎麦を食ったところ急に苦しみ出した。少し吐き、唇《くちびる》は赤く腫《は》れていた。驚いて医者を呼びにやったが、なかなか来なかった。その間、店の壁に寄り掛からせていた。だんだん息が荒くなった。医者がやって来たときにはもうどうしようもなかった」

「亡くなったのですか」

「そうだ」

やりきれないように、作次は首を横に振った。

「食中《しょくあた》りを出したということで、しばらく店を開くことは禁じられた。医者が食中りではないと言ってくれたが、さりとてどうして発作が起きたかわからない。そのうち、店を再開することが出来たが、人殺し蕎麦を出す蕎麦屋という風評が広まり、客も来なくなった。女房は逃げた。こんな男といっしょにいてもだめだと見切りをつけたのだ。俺は蕎麦屋を畳んだ」

作次は自嘲《じちょう》気味に言い、

「俺は江戸に出て、『森田屋』さんで下男として働いた。そして、ここに移り住んで、『多幸庵』に通ううちに、蕎麦を食って発作を起した客が出たと聞いた。そのときは喘息の発作ということだったが、その客が数日後に、自宅で発作を起して死んだと聞き、俺は十年前のことを思いだしたんだ。それで、あのときの医者を訪ねてみた」

作次は再び厳しい顔になって、

「その医者が言うには、体が蕎麦を受け付けない人間は蕎麦を食うだけでなく、蕎麦殻《がら》の枕でも発作を起すらしい。そういう患者を診《み》たことがあると言っていた」

木枕《きまくら》の上には括《くく》り枕を載せる。その括り枕は蕎麦殻やもみ殻を使う。

「左兵衛さんの枕元に白い粉が僅《わず》かに残っていました。ひょっとして……」

「蕎麦粉だ。もしかしたら、左兵衛さんの顔に蕎麦粉を振りかけたのかもしれない。それで発作を起したんだ」

孝助は複雑な思いで、これからのことを考えた。

作次と別れ、孝助は茅町一丁目の政次の家に行った。

政次は渋い顔で、土間に出て来た。

「いい加減にしてくれますかえ」

「政次さん。あの白い粉は蕎麦粉だったようですね」

政次は目を剝《む》いて、口をわななかせたが、声にならなかった。

「体が蕎麦を受け付けない人間がいるそうです。左兵衛さんもそのひとりだったのですね。あの夜、左兵衛さんの枕元には蕎麦粉が振りまかれていた。そのために、左兵衛さんは発作を起した」

「………」

「蕎麦粉を振りまける人間は内儀《おかみ》さんしかいません。でも、内儀さんに蕎麦粉を渡した人間がいる」

「すまねえ。外に」

「わかりました」

孝助は政次といっしょに外に出て浅草橋を渡り、柳原《やなぎわら》の土手まで行った。川船がゆっくり下って行く。

「あんたの言うとおりだ。『白河屋』の旦那は、おすみさんから左吉さんといっしょに亭主を殺したと告白された。もし、左吉さんが私を捨てるなら、亭主殺しを名乗ってでると言われ、旦那は左吉さんに見切りをつけたんだ。その帰り、『多幸庵』で旦那は発作を起した。あっしは漆《うるし》かぶれの人間をたくさんみているので、ひょっとして何か体に受け付けないものがあるのではないかと思った。その翌日、俺のところに左吉さんがやって来て、なんとか『白河屋』に戻れるように骨を折ってくれという。難しいと答えながら、じつはきのう蕎麦を食って旦那は発作を起したと言ったら、左吉さんはにやりと笑ったんだ。そのまま引き上げた。それから、数日後に旦那は亡くなった」

近くにある船宿から猪牙舟《ちょきぶね》が出て行った。

「通夜のとき、あっしは内儀さんから、妙なことを聞いた。左吉さんが訪ねてきて、この蕎麦粉を旦那の枕もとに撒《ま》いておいてくれないかと言ったそうだ。そのとき、左吉さんは、だめでもともと、うまくいけば、この店はあんたと俺のものだと言った。なんでも、蕎麦を食って気分が悪くなった男を見たことがあったらしい。それでもしやと期待し、千住宿にある蕎麦屋の亭主に頼んで、蕎麦粉をわけてもらったそうだ。あとで、こんなにうまくいくとは思わなかったと言っていたそうだ。あっしだって、蕎麦粉で旦那が死ぬなんて思ってもいなかった」

「左吉さんのことで心労が重なっていたところに、蕎麦の影響を受けて発作が大きくなったのかもしれませんね」

「俺だって内儀さんだって、ほんとうに旦那を殺そうと思っていたわけじゃねえ。すべて、左吉さんが……」

「おすみさんがどこにいるかわかりますか」

「大川の対岸にある薬師堂の近くに埋めたとか言っていた。左吉さんは、あっしが知っている若旦那ではなくなっていた。一端の悪だ。あの男に俺も内儀さんも踊《おど》らされたんだ」

「責任を一切、左吉さんになすりつける気ですか。やめさせようと思えば、出来たのではありませんか」

「………」

「今朝も、『白河屋』に駆けつけましたね。安蔵たちが目をつけられたと、左吉さんに知らせに行ったのではありませんか」

「そのとおりだ。返す言葉はない」

政次は肩を落した。

「安蔵たちはどこにいるのか聞いていますか」

「入谷に『白河屋』の寮《りょう》がある。そこで、ほとぼりが冷めるのを待たせるつもりだ」

「政次さん。こうなったら、じたばたしないことです。決して悪いようにはしませんA」


立ち尽くしている政次を残し、孝助は文蔵のもとに急いだ。

その夜、孝助たちは『白河屋』の入谷《いりや》の寮に来ていた。同心の丹羽溜一郎と文蔵、それに亮吉や源太、峰吉も身をひそめていた。

駕籠がやって来て門の前で停《と》まった。下りたのは左吉だった。

左吉が門に消えてから、孝助は門を入り、格子戸を開けた。

「ごめんくださいまし」

しばらくして寮番らしき年寄りが出てきた。

「なんですか」

夜分の訪問を咎《とが》めるような口調だった。

「安蔵さんか嘉吉さんを呼んでいただけませんか」

「誰だえ、おまえさんは？」

「千住宿から来たと伝えていただければ」

「待っていな」

年寄りが奥に引っ込み、しばらくして遊び人ふうの男が出てきた。

「誰でえ。俺に用だっての……」

男の声が止まった。

「やはり、霊巌寺裏で会ったひとですね」

「きさま」

「親分。間違いありません」

孝助は大声を張り上げる。

騒ぎを聞きつけ、数人の男が奥から現われた。その中に左吉がいた。

「左吉。おすみの亭主殺し、及びおすみを殺した疑いがかかっている。観念しろ」

文蔵が一喝する。

「左吉。まわりは捕方が囲っている。じたばたしても無駄《むだ》だ」

溜一郎が言うと、皆浮足立った。

ひと月後、いよいよ明日、品評会が開かれることになった。

その最後の打ち合わせのために、地本問屋『丸見堂』の番頭がやってきた。

「いよいよ、明日です。よろしくお願いいたします」

「こちらこそ、お願いいたします。なんだか、緊張して……」

与吉は正直に答える。

「だいじょうぶですよ。自信を持ってください」

「あっ、いらっしゃい」

おまちの弾んだ声に戸口を見ると、作次だった。

「やあ、作次さん」

『丸見堂』の番頭が声をかけた。

「お知り合いで？」

与吉が不思議に思ってきいた。

「このお方が、推薦してくれたんですよ」

「えっ？　作次さんが、ですか。作次さんはどのようなお方なので」

「昔は信州の善光寺門前で蕎麦屋をやられ、蕎麦打ちの名人と言われたお方ですよ」

「蕎麦打ちの名人……」

「昔の話だ」

「なぜ、蕎麦打ちをやめたのですか」

与吉は訝《いぶか》ってきいた。

そこで、作次が話したのは思いがけないことだった。体が蕎麦を受け付けない人間がいるという。

「そのための、こういうものを作ってきた」

そう言い、作次が袋からお手玉をたくさん取り出した。

「なんですか、これ。お手玉にしては軽いですが」

「中に蕎麦殻が入っている。このお手玉をはじめて蕎麦を食べるお客に握ってもらうのだ。蕎麦を受け付けない体かどうか、ある程度わかるはずだ」

「わかりました。さっそく使わせていただきます。いや、でも、これを握っていると、心が落ち着きます」

「与吉さんは明日の品評会のことを考えて緊張していたそうです」

『丸見堂』の番頭が口を入れた。

「そのこともそうですが、『桔梗屋』の旦那に会うのが怖いのです。生意気なことを言ってやめてきた人間ですから」

「いや、喜びますよ」

作次が言う。

「そうでしょうか」

「与吉さん。俺がこの地にやって来たのは『桔梗屋』の旦那に頼まれたからですよ」

「なんですって」

与吉は耳を疑った。

「あの男は見所がある。力になってやってくれと。『森田屋』さんに頼んで、北馬道の長屋を用意してくれた。さすが、『桔梗屋』の旦那も目が高い」

「そうだったんですか。ちっとも知りませんでした」

「それから、これは、俺が蕎麦打ちの極意を書き記したものだ。よかったら、これからの蕎麦打ちの手助けにしてくれ」

「えっ、ほんとうですかえ。ありがてえ」

与吉は書き物を押しいただいた。

「明日は、『桔梗屋』の旦那に恩返しをする日でもある。頑張ることだ」

「はい」

与吉はいろんなひとに支えられていることで勇気を得たようだった。

ひと月後、左吉はおすみ夫婦を殺した罪で獄門になった。おすみの死体は、千住の対岸にある薬師堂近くの土の下から見つかった。

左兵衛殺しについては、孝助の訴えを丹羽溜一郎が聞き入れ、おしま、沢太郎、政次の三人の捕縛を見送った。蕎麦粉による殺しを証すことが難しいことがあるが、一度けりがついたものを蒸し返したくなかったのだ。

といっても左吉に加担した責任は重く、おしまと番頭の沢太郎は共に『白河屋』から出て行くことになり、政次は『白河屋』へ出入り差し止めとなった。『白河屋』は左兵衛の先妻の弟が引き継ぐことになった。

数日後。孝助は浅草寺のお参りの帰りらしい老夫婦に声をかけられた。

「おそれいります。『多幸庵』はどこでしょうか」

「そのほうに行きますから、ごいっしょしましょう」

孝助が案内すると、『多幸庵』の看板が見えてきた。ただし、屋号の前に立派な文字で、「天下一正直蕎麦」とあった。

「ほう、天下一正直蕎麦ですか。天下一というのは、品評会で第一位になったからでしょうが、正直蕎麦というのはどういう意味でしょうか」

「小麦粉を混ぜない生粉打ち蕎麦だということもありますが、蕎麦を受け付けない体のお方が極稀《ごくまれ》におられるそうです。それを調べるために、はじめてのお客さんにはお手玉を握っていただいているそうです。安心してお蕎麦を召し上がっていただくためです。もし、だめなお方にはうどんを用意しているんです」

「なるほど。それで正直蕎麦」

「それから、もうひとつあります。品評会で第一位になったあと、もっと盛り場に大きな店を出したらどうだという誘いがたくさんあったそうです。でも、『多幸庵』の主人は店が苦しいとき、この土地のひとに助けていただいた。その恩に応《こた》えるためにも、ここで蕎麦屋を続けると、すべての誘いを断ったのです。真心で、ひとに接する。その意味合いも正直蕎麦にはあるんです」

「なるほど、天下一正直蕎麦。いや、今から食するのが楽しみです」

老夫婦が『多幸庵』に入って行くのを見送ってから、孝助は自画自賛した。

我ながら、「天下一正直蕎麦」とはいい名前をつけた。与吉は遠慮していたが、きっと「天下一正直蕎麦」は多くのひとに愛されるに違いないと思った。

時代小説文庫
こ6-30

正直《しょうじき》そば　浅草料理捕物帖《あさくさりょうりとりものちょう》 三の巻《さんのまき》

著者　小杉健治《こすぎけんじ》

2016年6月18日第一刷発行

発行者　角川春樹

発行所　株式会社 角川春樹事務所
〒102-0074 東京都千代田区九段南2-1-30 イタリア文化会館

電話　03(3263)5247[編集]　03(3263)5881[営業]

印刷・製本　中央精版印刷株式会社

フォーマット・デザイン&シンボルマーク　芦澤泰偉

ISBN978-4-7584-4007-3 C0193

http://www.kadokawaharuki.co.jp/[営業]
fanmail@kadokawaharuki.co.jp[編集]　ご意見・ご感想をお寄せください。